देवदत्त पट्टनायक एक मशहूर लेखक, पुराण-विद्या विशेषज्ञ तथा लीडरशिप सलाहकार हैं। उन्होंने पचास से अधिक पुस्तकें लिखी हैं, उनके सैकड़ों लेख प्रकाशित हुए हैं, तथा उन्होंने भारतीय पौराणिक ग्रंथों, संस्कृति, बिज़नेस तथा प्रबंधन पर कई वार्ताएँ की हैं। उनकी लिखी पुस्तकों में शामिल हैं : राम की गाथा, मेरी हनुमान चालीसा, श्याम, बिजनेस सूत्र, सीता : रामायण का सचित्र पुनर्कथन, जय : महाभारत का सचित्र पुनर्कथन, देवलोक श्रंखला।

उनकी लीडरशिप कोच, प्रबंधन सलाहकार तथा विविधता व संस्कृति के वक्ता के रूप में काफ़ी माँग है। उनके टीवी शो में सीएनबीसी-टीवी18 पर बिजनेस सूत्र और एपिक टीवी पर देवलोक शामिल हैं। उनके बारे में और अधिक जानकारी के लिए www.devdutt.com पर जाएँ।

देवदत्त पट्टनायक की अन्य पुस्तकें :

- बिज़नेस सूत्र
- लीडरशिप सूत्र
- सक्सेस सूत्र
- मेरी हनुमान चालीसा
- मेरी गीता
- देवलोक : देवदत्त पटनायक के संग
- श्याम : भागवत कथा का सचित्र पुनर्कथन
- जय : महाभारत कथा का सचित्र पुनर्कथन

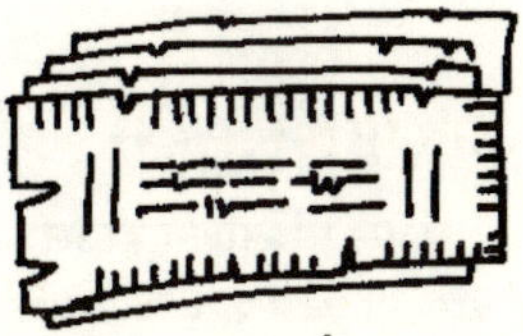

टैलेंट सूत्र

ज्ञान का भारतीय दृष्टिकोण

देवदत्त पट्टनायक

रेखाचित्र लेखक द्वारा

अनुवाद : नीलम भट्ट

MANJUL

मंजुल पब्लिशिंग हाउस

MANJUL
मंजुल पब्लिशिंग हाउस
कॉरपोरेट एवं संपादकीय कार्यालय
• द्वितीय तल, उषा प्रीत कॉम्प्लेक्स, 42 मालवीय नगर, भोपाल-462 003
विक्रय एवं विपणन कार्यालय
• 7/ 32, अंसारी रोड, दरियागंज, नई दिल्ली-110 002
वेबसाइट : www.manjulindia.com
वितरण केन्द्र
अहमदाबाद, बेंगलुरू, भोपाल, कोलकाता, चेन्नई,
हैदराबाद, मुम्बई, नई दिल्ली, पुणे

मूल अंग्रेजी संस्करण एलेफ बुक कंपनी द्वारा प्रकाशित

देवदत्त पट्टनायक द्वारा लिखित मूल अंग्रेजी पुस्तक
द टैलेंट सूत्र का हिन्दी अनुवाद

The Talent Sutra by Devdutt Pattnaik – Hindi Edition

यह हिन्दी संस्करण 2021 में पहली बार प्रकाशित

ISBN 978-93-90924-05-9

हिन्दी अनुवाद : नीलम भट्ट

मुद्रण व जिल्दसाज़ी : थॉमसन प्रेस (इंडिया) लिमिटेड

अनंत पुराणों में छिपा है सनातन सत्य,
इसे पूर्णतः किसने देखा है?
वरुण के हैं नयन हज़ार,
इंद्र के सौ,
आपके मेरे केवल दो।

अनुक्रम

प्रस्तावना

हिंदू धर्म के साथ-साथ बौद्ध धर्म तथा जैन धर्म में सरस्वती ज्ञान की देवी हैं। उनका नाम कल्पना के प्रवाह (सरस) से निकला है। मानव की कल्पना हमें खोज और नई राह बनाने; दृश्य आकल्पन, योजना तथा प्रबंधन और जोखिम कम करने में सक्षम बनाती है। हालाँकि बिज़नेस तथा प्रबंधन की दुनिया में कल्पना को बुरा शब्द माना जाता है। यह हमें निश्चितता से वंचित कर देती है। हम उन लोगों की कल्पना को नियंत्रित करना चाहते हैं, जो हमारे लिए काम करते हैं, उनके मस्तिष्क को काम से ध्यान नहीं हटाने से रोकते हैं। तो भी हर व्यक्ति एक परिकल्पित वास्तविकता में जीता है। यह जानने से हमें प्रतिभा के साथ काम करने, मज़बूत रिश्ते बनाने तथा लोगों को वफ़ादारी तथा धैर्य के साथ किसी भी हालात का मुक़ाबला करने के लिए तैयार करने में मदद मिलती है। कल्पना पहचानने में विफलता वह कारण है, जिससे

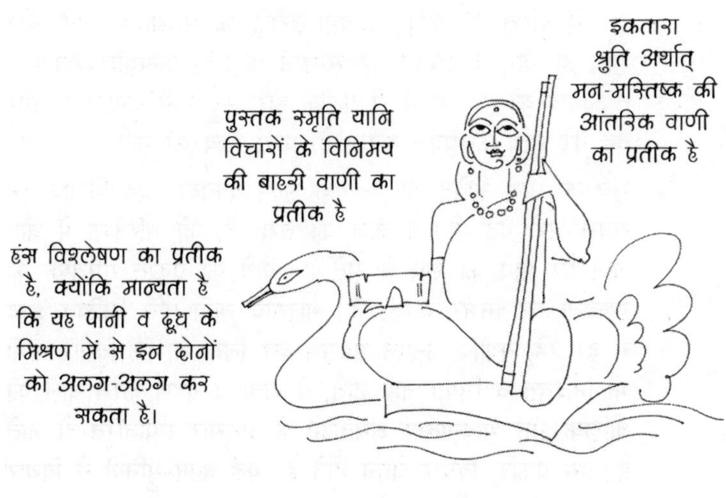

घराना संचालित व्यापार समूह पेशेवरों का प्रबंधन करने में असमर्थ हो जाते हैं और कैसे पेशेवराना ढंग से संचालित हो रहीं कंपनियाँ अप्रभावी, यांत्रिक प्रतिभा प्रबंधन प्रणालियाँ बना लेती हैं। प्रशिक्षण, सीखना और विकास केवल कौशल और ज्ञान तथा विकास और संपन्नता के बारे में नहीं हैं, वे इंसानी-पशु की सराहना करने के बारे में हैं, यह पहचान होती है कि ना तो हम और ना ही हमारे आस-पास के लोग प्रोग्राम करने योग्य मशीनें नहीं हैं जिन्हें कि हम चालू करें और खेल सकें। किसी भी संगठन को चलाए रखने के लिए लोगों और इसलिए रिश्तों का प्रबंध ज़रूरी है। यह पुस्तक बिज़नेस तथा प्रबंधन के बारे में भारतीय दृष्टिकोण वाली मेरी पुस्तक *बिज़नेस सूत्र* से निकली है। यह कार्यस्थल पर रचनात्मकता, प्रतिभा को पोषण करने तथा टीमवर्क के महत्त्व से संबंधित सूत्रों पर केन्द्रित है।

इस किताब में विचार 'सूत्र' के रूप में दिए गए हैं। शीर्षक में उपयुक्त शब्द 'सूत्र' (शब्द या धारणा) के दो विशिष्ट अर्थ हैं :

- सूत्र एक धागा है, जो विभिन्न बिंदुओं को जोड़कर एक नमूना तैयार करता है। यह पुस्तक जैन, हिंदू और बौद्ध परंपराओं के असंख्य विचारों को एक साथ बाँधती है, ताकि भारतीय तरीक़े को समझने के लिए एक समन्वित समष्टि की रचना की जा सके। इसी तरह यह ग्रीक व बाइबल संबंधी विचारों को भी अलग से एक सूत्र में बाँधती है, ताकि पश्चिमी तरीक़े को समझा जा सके और साथ ही चीन के चिंतन को समझने के लिए कन्फ़्यूशियसवाद व ताओवाद को भी। इनमें से प्रत्येक हार मनुष्य ने बनाया है और वह मेरे सत्य को प्रकट करता है, परम सत्य को नहीं।
- सूत्र का अर्थ सूक्ति भी है, एक सूक्ष्म वक्तव्य। यह किताब इन सबसे भरी पड़ी है। वे बीज की तरह हैं, जो मस्तिष्क में बोए जाने पर पौधे का रूप ले लेते हैं। पौधे की प्रकृति मस्तिष्क की गुणवत्ता पर निर्भर करती है। भारतीय ऋषि-मुनि लिखित शब्द से दूर रहे, क्योंकि उन्होंने महसूस कर लिया था कि विचार कभी भी निश्चित व नियत नहीं होते; वे दाता व ग्रहण करने वाले की बौद्धिक और भावनात्मक क्षमताओं के अनुसार रूपांतरित हो जाते हैं। इस प्रकार, विचार चेतन होते हैं। कई ऋषि-मुनियों ने विचार

को व्यक्त करने के लिए सूत्रों के बजाय प्रतीकों को चुना। किसी एक व्यक्ति को जो नग्न आदमी जैसा दिखाई देता है, वही किसी दूसरे को मस्तिष्क की प्रकृति के रूप में दिख सकता है। दोनों ही व्यक्तियों के दृष्टिकोण से जवाब सही हैं। कोई मानक उत्तर नहीं है। यहाँ मुद्दा अपने मस्तिष्क का इतना विस्तार करने का है, ताकि अधिक से अधिक दृष्टिकोणों को समाहित किया जा सके और उन्हें एक अलग संपूर्ण सूत्र में पिरोया जा सके।

ये सूत्र 'भारत में निर्मित' हैं, लेकिन 'पूरी दुनिया के लिए' हैं। वे लाभ के बजाय भूख के ज़रिए मानवता के प्रति ध्यान खींचकर आधुनिक मैनेजमेंट के अनुपूरक हैं।

टैलेंट सूत्र

अलगाव *चिंतन* *विस्तार* *समावेश*

पहचान के लिए मानव खोज को देख पाने की क्षमता दर्शन है। किसी व्यक्ति की पहचान या सूक्ष्म शरीर वह चीज़ है जिस प्रकार वह व्यक्ति अपनी कल्पना करता है। यह पहचान ब्रह्मांड पर निर्भर करती है, कैसे वह विश्व की कल्पना करता है। इस प्रकार, पहचान और विश्वदर्शन ब्रह्मा की कल्पना की संतान यानी मानस पुत्र हैं।

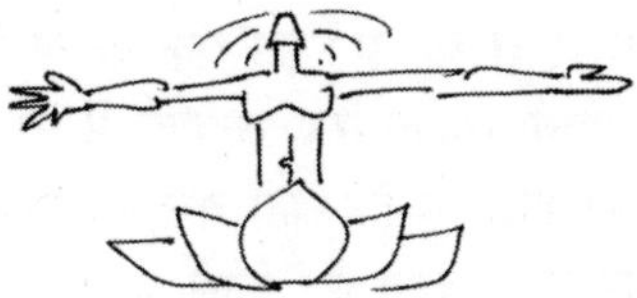

ब्रह्म के पुत्र
कल्पना में ढले
(मानस पुत्र)

ब्रह्मा के पुत्र या
पहचान
(सूक्ष्म शरीर)

ब्रह्मा की पुत्री या
विश्व दर्शन
(ब्रह्मांड)

विश्व व अपने प्रति मेरी
समझ...
सरस्वती

कल्पना तरल यानी सरस है। विश्व की हमारी कल्पना और अतैव स्वयं को लेकर हमारी कल्पना हर समय बदलती रहती है। वह संदर्भ या बेहतर अवलोकन के साथ बदलेगी। यदि एक संदर्भ में हम स्वयं को नायक के रूप में देख सकते हैं, तो दूसरे में हो सकता है कि हम खुद को पीड़ित या शहीद के रूप में देखें। शुरू में हम अपने नियोक्ता को मुक्तिदाता के रूप में देख सकते हैं; लेकिन समय के साथ ज़्यादा जानकारी और नज़दीकी से देखने पर हो सकता है कि हम अपने नियोक्ता को दमनकारी और स्वयं

को दमित के रूप में देखें। सरस से ज्ञान की देवी सरस्वती आती है। ज्ञान सरस है; वह कल्पना से आता है, लगातार स्वरूप बदलता रहता है और उसमें असीमित की ओर विस्तार करने की क्षमता है।

ब्रह्म पुराण में ब्रह्मांड को ब्रह्मा की पुत्री, उनकी रचना के रूप में इंगित किया गया है। वे कई स्वरूपों वाली शतरूपा हैं, जो उनकी तरल प्रकृति की याद दिलाता है। शिव पुराण में ब्रह्मा पर अपनी बेटी के प्रति व्यभिचारी प्रेम रखने का आरोप लगाया गया है। इसे शाब्दिक रूप (जैसा कि अक्सर लिया जाता है) में नहीं लिया जाना चाहिए। यह एक प्रतीक है कि किस प्रकार हर इंसान अपनी रचना, अपनी व्यक्तिपरक सच्चाई से चिपका रहता है, वह इस बात को लेकर आश्वस्त होता है कि वही वस्तुगत यथार्थ है। इस व्यभिचारी सम्बन्ध की संतान हमारी पहचान है, जिसे वस्तुगत व स्थिर माना जाता है। शिव इस आशा में ब्रह्मा पर आक्रमण करते हैं और उनका सिर काट लेते हैं कि वे अपनी इस कल्पित पहचान को छोड़ देंगे, जो उन्हें आश्रित व अभावग्रस्त बनाती है, लेकिन ब्रह्मा उसका प्रतिरोध करते हैं।

हम लगातार अपनी पहचान की मंज़ूरी चाहते हैं। हम उन लोगों को बहुत पसंद करते हैं, जो हमें वैसे देखते हैं, जैसी कि हम अपनी कल्पना करते हैं। प्रकृति ऐसा नहीं करती। प्रकृति को इस बात से कोई अंतर नहीं पड़ता कि कोई द्वार-रक्षक है या निदेशक, लेकिन संगठन को इस बात से फ़र्क़ पड़ता है। लेकिन संदर्भ या परिस्थिति के बदल जाने से सामाजिक पहचान का मूल्य नहीं रह जाता। युद्ध के दौरान किसी सेनाध्यक्ष का महत्त्व

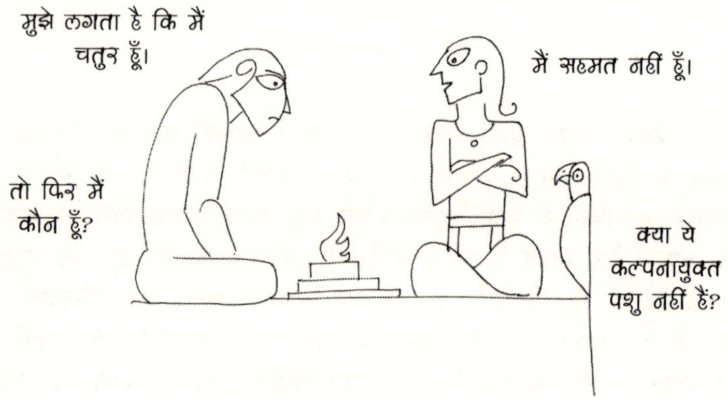

हो सकता है, लेकिन शांतिकाल के दौरान ऐसा नहीं होता। अतः संस्कृति द्वारा किया गया हमारी पहचान का अनुमोदन अनियमित, सशर्त और अस्थायी होता है। यह हमें अमान्यीकरण के भय से भर देता है, एक ऐसा अनोखा इंसानी डर, जो हर डर से बहुत बड़ा है और यह डर हर इंसान को डरावना, दयनीय और अदृश्य बना देता है।

इस अमान्यीकरण को लेकर कुछ लोगों की प्रतिक्रिया पलायन की होती है : या तो काम की ओर, मनोरंजन या फिर मदिरा की ओर पलायन। कुछ अन्य लोगों को ज़िंदा महसूस करने के लिए एड्रेनलिन की तेज़ी चाहते हैं, वह चाहे रोमांचक खेलों से आए या फिर जुए से। कुछ लोग अत्यधिक पेटूपन व लालच, विकृतियों व ओछेपन, अधिक संपदा व ताक़त हथियाने की ओर चले जाते हैं, ताकि प्रकृति या संस्कृति को दंडित कर सकें। ऐसे लोगों को भले समाज में बुरा माना जाए, लेकिन दरअसल वे लोग कल्पना के शिकार हैं, जो बहुत हताश होकर सार्थकता की तलाश में होते हैं।

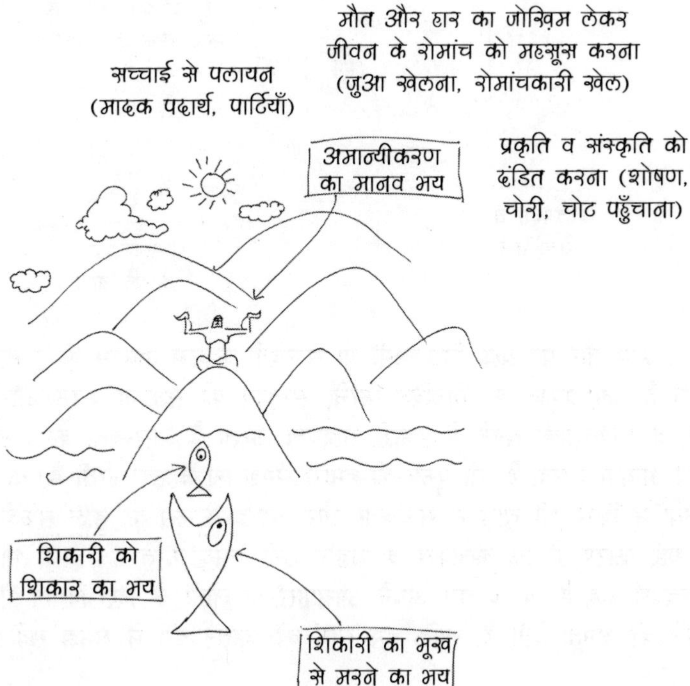

शतरूपा - हमारे भय को बढ़ाने वाली कल्पना - भी हमें डर से मुक्त कर सकती है, क्योंकि वह सरस्वती भी है। रूपांतरण के लिए हमें कल्पना से चिपके रहना व उसे नियंत्रित करना बंद कर देना चाहिए और उसे बहने देना चाहिए। यदि ब्रह्मा शतरूपा को सरस्वती बनने दें, तो वह फंदा एक शिक्षक में बदल जाएगा। सरस्वती ब्रह्मा को डर से आगे बढ़ने और आत्मनिर्भर स्वयम्भू बनने में सक्षम करेंगी, ठीक स्वतंत्र शिव व विश्वसनीय विष्णु की तरह। यह तभी हो सकता है, जब 'जनक' ऐसा चाहेंगे और ब्रह्मा स्वयं को 'बच्चा' बनने देंगे।

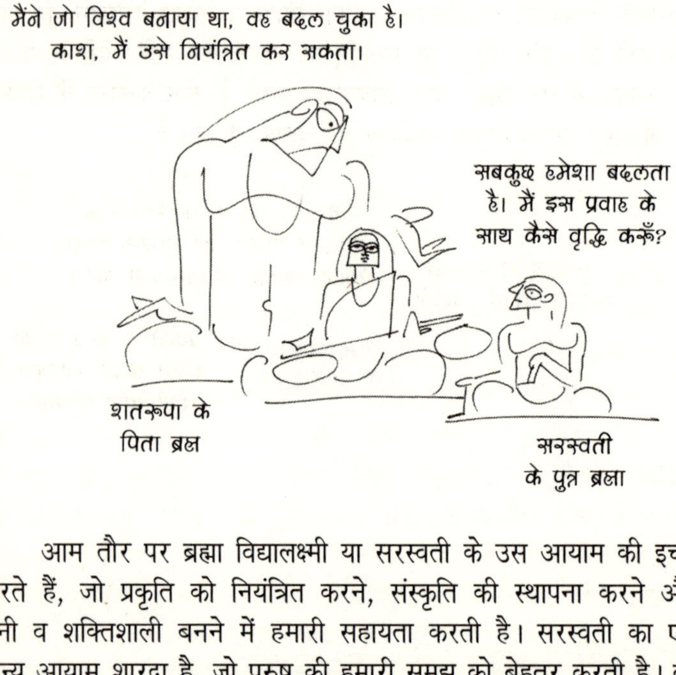

आम तौर पर ब्रह्मा विद्यालक्ष्मी या सरस्वती के उस आयाम की इच्छा करते हैं, जो प्रकृति को नियंत्रित करने, संस्कृति की स्थापना करने और धनी व शक्तिशाली बनने में हमारी सहायता करती है। सरस्वती का एक अन्य आयाम शारदा है, जो पुरुष की हमारी समझ को बेहतर करती है। वह दुनिया में किसी भी चीज़ में सार्थकता और आनंद के रस को डाल सकती है, यही कारण है कि कलाकार व विद्वान उन्हें पसंद करते हैं। इससे भी महत्त्वपूर्ण यह है कि वे हमें अपने आसपास के लोगों के दिल-दिमाग़ में देखने की क्षमता देती हैं, ताकि हम स्वयं को बेहतर ढंग से समझ सकें।

वह हमारे आसपास की दुनिया को दर्पण में बदल देती हैं, ताकि हम उसमें अपने प्रतिबिम्ब को देख सकें। हर ब्रह्मा के पास यह विकल्प है कि वह विद्यालक्ष्मी की सहायता से अपने वर्ण को सुदृढ़ कर सके या शारदा की मदद से अपने डर को पीछे छोड़ सके, ताकि हमारा गुण तमस से रजस और फिर सत्व हो जाए।

सरस्वती

विद्यालक्ष्मी, ज्ञान व कौशल की देवी जो हमें संपत्ति व शक्ति का सृजन करने योग्य बनाती है

समझ की देवी शारदा, जो डर से आगे बढ़ने मन-मस्तिष्क का विस्तार करने, समावेशी बनने, विश्वसनीय और बुद्धिमान बनने में हमारी सहायता करती है

ऐसा संभव करने के लिए तपस्या के माध्यम से स्मृति को श्रुति बनना होगा। स्मृति का अर्थ है, बाहरी आवाज़, जिसके माध्यम से यज्ञ के दौरान जानकारी का लेन-देन हो सकता है। श्रुति का अर्थ है, हमारे विचारों की आंतरिक शक्ति, जिसका विनिमय नहीं किया जा सकता। हम स्मृति के माध्यम से संचार करते हैं, लेकिन हम केवल श्रुति को सुनते हैं। स्मृति हमें प्रेरित कर सकती है, लेकिन केवल श्रुति के माध्यम से हम रूपांतरित हो सकते हैं। तपस्या और चिंतन, स्मृति को श्रुति में रूपांतरित करने में प्रमुख भूमिका निभाते हैं। जब स्मृति श्रुति बनती है, तो जो कुछ मेरे पास है, वह - मैं क्या हूँ - बन जाता है। हमारे पास शक्ति नहीं रहती; हम शक्तिशाली बन जाते हैं। हमारे पास ज्ञान नहीं रह जाता; हम ज्ञानी बन जाते हैं। हमें बाहरी दुनिया से दुर्गा की आवश्यकता नहीं रह जाती, क्योंकि हम भीतर की शक्ति को जगाते हैं। हम अपने भीतर मौजूद क्षमता को पहचान लेते हैं और इस प्रकार हर जगह संसाधन खोज लेते हैं। हम परवशता से विश्वसनीयता की ओर बढ़ते हैं।

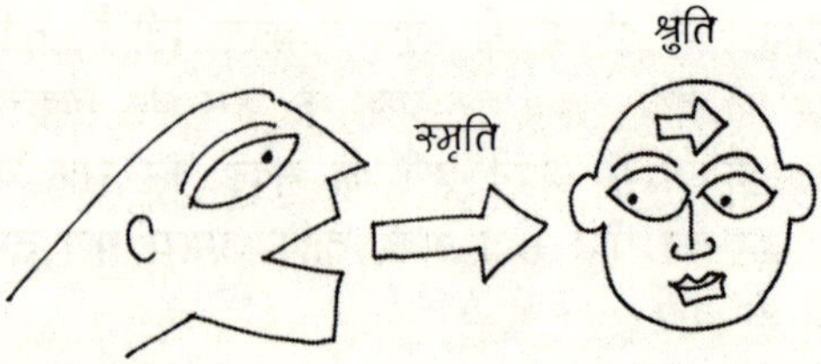

सरस्वती के हाथ में मौजूद पुस्तक स्मृति का प्रतिनिधित्व करती है, वहीं उनके दूसरे हाथ में बजाए जाने के लिए तैयार इकतारा है, वे कार्यान्वयन की प्रतीक्षा कर रही हैं। सरस्वती का हंस विश्लेषण और आत्मनिरीक्षण की मानव क्षमता का प्रतिनिधित्व करता है, क्योंकि उसमें दूध व पानी को अलग करने की शक्ति है। बौद्ध पौराणिक कथा में सरस्वती तारा हैं। उनके हाथ में पकड़ा कमल हमारे मन-मस्तिष्क का प्रतिनिधित्व करता है। जैसे ही कल्पना का विस्तार होता है, कमल की पंखुड़ियाँ खुलकर बुद्ध के ज्ञान की मणि को प्रकट करती है। जैन पौराणिक कथा में वसुदेव व चक्रवर्ती के अलावा तीसरे विलक्षण प्राणी तीर्थंकर हैं, जो अत्यधिक संवेदनशील व ध्यान रखने वाले हैं।

- तीर्थंकर अहिंसक हैं, उनमें आक्रामक होने, प्रभुत्व जमाने या क्षेत्रीय होने की कोई इच्छा नहीं है, क्योंकि वे देख सकते हैं कि कैसे कल्पना भय का विस्तार करती है और मानवों को शेष दुनिया से अलग कर देती है।
- वे कल्पना की नदी में मौजूद तीर्थ या घाट की ओर ध्यान खींचते हैं, जो खोजे जाने की प्रतीक्षा में है, जो हमें उन लोकों से जोड़ते हैं, जो अन्यथा अलग होते हैं और उन पर चिंतन करने का अवसर देते हैं।
- यजमान के लिए तीर्थ के पार जाना और विश्व को देवता के दृष्टिकोण से देखना कठिन है। इसके लिए मन-मस्तिष्क का विस्तार किए जाने की आवश्यकता होती है।
- इससे भी कठिन है, देवता को यजमान की ओर ले जाना। ऐसे में निर्देश काम नहीं आते। समावेश के लिए हमें उन लोगों के लिए भी स्थान बनाना पड़ता है, जो हमारे लिए जगह बनाने से मना कर देते हैं।

इस अध्याय में हम अलगाव, सम्पर्क, विस्तार व समावेश का अन्वेषण करेंगे और ऐसा करते हुए तीर्थंकर के अवलोकन को समझेंगे। सरस्वती की खोज की इच्छा रखने वाला दर्शन करने वाला यजमान तीर्थंकर के मार्ग पर चलता है। वह जानता है कि कारोबार ना तो ढोए जाने वाला बोझ है और ना ही जीती जाने वाली कोई लड़ाई, बल्कि यह तो दूसरों को उनके डर से आगे बढ़ने में मदद करके खुद डर को पीछे छोड़ने का मौक़ा होता है। यह अवसर केवल इंसानों को मिलता है। इसे साकार करना मानवता का धर्म है।

जीवन भर बेला ने प्रबंधकों के लिए खुले दरवाज़े यानी सभी को खुद तक पहुँचने की नीति में विश्वास रखा, लेकिन लोग शायद ही कभी उनके केबिन में आए हों। वे इस निष्कर्ष पर पहुँचीं कि वे लोग मूर्ख थे, जिन्होंने उनके उदार बर्ताव का फ़ायदा नहीं उठाया। उन्होंने स्वयं को एक ग़लत समझे जाने वाले नायक की तरह देखा, लेकिन एक दिन किसी ने इस बात की ओर उनका ध्यान खींचा कि हर कोई उनसे आक्रांत रहता था। वे इतनी सख़्ती से काम लेने वाली और इतनी मेहनत की अपेक्षा करने वाली थीं कि लोग उनके केबिन में जाने तक से डरते थे कि वहाँ जाने पर कहीं उन्हें किसी बात पर डाँट का सामना नहीं करना पड़े। जो भी लोग उनके साथ काम करते थे, उन सबकी नज़र में वे खलनायक थीं। बेला के पास एक रास्ता था : वे अपने कंधे झटकाकर स्थिति को स्वीकार कर सकती थीं कि वे बदलने वाली नहीं थीं या अनजाने अपने आसपास बनाई गई डर की दुनिया की ज़िम्मेदारी ले सकती थीं। बेला ने उत्तदायित्व लेने का रास्ता चुना और यह देखना शुरू किया कि वे लोगों के साथ कैसे काम करती हैं। अपनी टीम को उन्होंने काम पूरा करने वाले या लक्ष्य प्राप्त करने वालों के बजाय लोगों के एक समूह के रूप में देखना शुरू किया। उन्होंने दुनिया को उन लोगों के नज़रिये से देखना शुरू किया। बेला के मन–मस्तिष्क में सरस्वती का प्रवाह होने लगा, उनकी दृष्टि विस्तृत होने लगी, वे अपने आसपास की कल्पित सच्चाइयों की ओर ध्यान देने लगीं और यह भी देखने

लगीं कि कैसे वे उनके अपने कल्पित यथार्थ से टकराती थीं। वे जितना अधिक तीर्थंकर के रास्ते पर चलती गईं, उतना ही उन्हें उत्तरदायी होने का अनुभव हुआ, वे अधिक स्वयम्भू हुईं और हालात से पैदा हुई असहायता उतनी कम हुई। ब्रह्मा के रूप में उन्होंने भय की पुरानी दुनिया के स्थान पर प्रोत्साहन की एक नई दुनिया को स्थापित किया, जिससे उनकी टीम को बहुत ख़ुशी हुई।

अलगाव

हम अन्य लोगों द्वारा देखा जाना चाहते हैं, लेकिन हम स्वयं अक्सर अन्य लोगों को देखने में असमर्थ रहते हैं। हम स्वयं को आकर्षक बनाने पर ध्यान केंद्रित करते हैं। अपनी रक्षा, अपना प्रचार और स्वयं को साकार करने पर ध्यान केंद्रित करते हुए सभी लोग अलग-थलग पड़ जाते हैं और सोचते हैं कि वे इतना अकेला क्यों महसूस करते हैं।

दृष्टि क्रूर या स्नेहिल हो सकती है

महाभारत में दुर्योधन पांडवों को उनका राजसिंहासन देने से मना कर देते हैं, जबकि कृष्ण उसे पाने में पांडवों की सहायता करते हैं। दुर्योधन पांडवों की पत्नी के साथ दुर्व्यवहार करते हैं और कृष्ण उन्हें बचाते हैं। यदि हम केवल इन्हीं गतिविधियों तक अपनी दृष्टि को सीमित रखें तो दुर्योधन को खलनायक के रूप में और कृष्ण को नायक के रूप में देखा जा सकता है। यदि हम बातों के मूल में जाएँ, तो हम इन घटनाओं के परे देख सकते हैं। हम विचार कर सकते हैं कि आख़िर वह क्या है, जिससे एक व्यक्ति खलनायक व दूसरा नायक बन जाता है? महाकाव्यों में कुछ उत्तर निहित हैं।

दुर्योधन के पिता को दृष्टिहीन होने के कारण राजसिंहासन नहीं मिलता। दुर्योधन की माँ गांधारी अपने पति के कष्टों को बाँटने के लिए अपनी आँखों पर पट्टी बाँध लेती हैं। वे अपने बेटे तक को देखने के लिए भी उस पट्टी को नहीं उतारतीं, क्योंकि वे विवाह के समय ली गई अपनी शपथ को तोड़ना नहीं चाहतीं।

इस प्रकार, दुर्योधन के माता-पिता में से एक उन्हें देख नहीं सकते, जबकि दूसरे उन्हें देखेंगे नहीं। दुर्योधन को कोई नहीं देखता, इसलिए उन्हें लगता है कि किसी को उनकी परवाह नहीं है। उन्हें अपना ध्यान स्वयं रखना पड़ता है, जैसे कि वन में पशु अपना ध्यान रखते हैं। स्वाभाविक है कि वे पशुओं के लक्षण प्रदर्शित करते हैं : आक्रामकता, अपने क्षेत्र की रक्षा और वर्चस्व। वे पांडवों को शिकारी के रूप में देखते हैं।

दूसरी ओर, कृष्ण का बचपन प्रेम व स्नेह से परिपूर्ण है। जब वे मटकियाँ तोड़ते हैं, मक्खन चुराते हैं व शरारतें करते हैं, तो उनको पालने वाली माँ यशोदा उन्हें दंड देती हैं, लेकिन साथ ही वे रोती भी हैं। यह दर्शाता है कि कृष्ण को दंडित करते हुए उन्हें कितनी पीड़ा होती है। सज़ा देते हुए भी वे कभी कृष्ण के सामने उनके लिए अपना प्रेम प्रदर्शित करने से नहीं चूकतीं। कृष्ण को अनुशासित करने का अर्थ यह नहीं कि वे ग़लत थे : इसका सीधा सा अर्थ था कि उन्होंने अपने मानस का उतना विस्तार नहीं किया कि उसमें अन्य लोगों के दृष्टिकोण भी समा सकें। बच्चे के पास यह स्वतंत्रता होती है कि वह अन्य लोगों की भावनाओं का ध्यान नहीं रखे, लेकिन किसी वयस्क को यह छूट नहीं मिलती। कृष्ण को कभी अलगाव व एकाकीपन महसूस नहीं हुआ। उन्होंने इंसानों की दुनिया को शिकारियों व शिकार की दृष्टि से नहीं देखा, जैसा कि दुर्योधन ने देखा था।

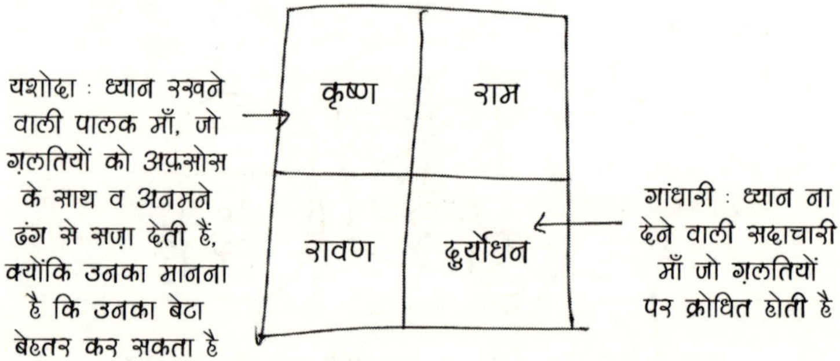

तारिक़ ने वार्षिक सेल्स कॉन्फ़्रेंस में एक प्रेरक भाषण सुना और उससे प्रभावित होकर उन्होंने अपने कर्त्तव्य के दायरे से बाहर जाकर क्लायंट्स बनाए, जो आने वाले कुछ वर्षों में कम्पनी को कारोबार देने वाले थे। जब काम की समीक्षा और बोनस का समय आया, तो तारिक़ के इन प्रयासों पर विचार तक नहीं किया गया। पिछले साल में किए गए काम की समीक्षा करने के लिए विकसित किए गए सॉफ़्टवेयर में 'कर्त्तव्य के दायरे से बाहर जाकर किए गए काम' के लिए कोई कॉलम नहीं था। वह केवल संगठनात्मक अपेक्षाओं व योजनाओं के अनुरूप परिणामों को आँकता था। फिर कई जटिल तरीक़ों से प्राप्त संगठनात्मक प्रदर्शन के बेल कर्व के अनुसार तारिक़ के प्रदर्शन को उनसे अपेक्षित परिणामों से नीचे की श्रेणी में रखा गया, जो कि उनके मैनेजर द्वारा दी गई श्रेणी से भी कम था। तारिक़ के मैनेजर ने इस बात का विरोध किया, लेकिन उसका कोई नतीजा नहीं निकला। बोनस तय करने के लिए प्रयुक्त टेक्नोलॉजी विश्वस्तरीय थी, जिसकी सिफ़ारिश दुनिया के बेहतरीन सलाहकारों ने की थी और उसे भारत की सबसे अच्छी सॉफ़्टवेयर कम्पनी ने लागू किया था। उसके परिणामों को चुनौती नहीं दी जा सकती थी। तारिक़ को बेवकूफ़ जैसा महसूस हुआ, इससे भी बुरा उन्हें यह सोचकर लगा कि वे किसी को दिखाई नहीं दिए थे। उन्होंने महसूस किया कि उनकी कम्पनी के शेयरधारकों ने उनके मैनेजर, यहाँ तक कि उनके मैनेजर के मैनेजर से भी अधिक महत्त्व उस टेक्नोलॉजी को दिया। संगठन उनकी गांधारी की तरह था, जिसने केवल उनके मापने योग्य कामों को देखा, उनकी निराशा को वह नहीं देख पाया।

हर कोई ध्यान रखने वाली दृष्टि चाहता है

इंसानों के लिए जंगल और रात का समय भय से जुड़े हैं। फिर भी भागवत पुराण के अनुसार, रासलीला हमेशा गाँव से बाहर रात को होती है। कृष्ण बाँसुरी बजाते हैं और गोपियाँ चुपके से उनके साथ के लिए अपने घरों की सुरक्षा छोड़कर आती हैं और एक सम्पूर्ण घेरे में उनके चारों ओर नाचती हैं। कृष्ण ना भाई हैं, ना पिता या प्रेमी, वे ना तो क़ानून और ना ही रीति-रिवाज से बँधे हैं, फिर भी महिलाएँ उनका साथ चाहती हैं। कृष्ण उनमें से हर एक के लिए अपने कई रूप बना लेते हैं और उन सब पर पूरा ध्यान केंद्रित करते हैं।

बाद में कृष्ण द्वारका चले जाते हैं और उनकी 16,108 पत्नियाँ होती हैं। जब नारद द्वारका आते हैं तो उन्हें हर घर में एक कृष्ण दिखाई देते हैं, जो अपनी पत्नियों व बच्चों पर पूरा ध्यान देते हैं। वे एक बार फिर स्वयं को कई रूपों में बाँट लेते हैं।

बाज़ार भयभीत करने वाली जगह है। हमें धोखाधड़ी व शोषण से डर लगता है। हम चाहते हैं कि कोई हमें सुरक्षित व वांछित महसूस करवाए। कोई हो, जो हमें आँकने के बजाय हमारा अनुमोदन करे। हम चाहते हैं कि कोई हमें ख़ुश रखे। कर्मचारी अपने नियोक्ता का व्यक्तिगत ध्यान चाहता है; ख़रीदार विक्रेता का पूरा ध्यान चाहता है। हम वन के कृष्ण की चाह रखते हैं, जो एक व्यक्ति को भूलने के लिए सामूहिक का बहाना नहीं करता।

संजोग की टीम के सभी लोग उन्हें नापसंद करते हैं। विचार-विमर्श करते हुए संजोग बोलते हैं और अन्य किसी को बोलने नहीं देते। एक घंटे की मीटिंग में वे 55 मिनट तक बात करते हैं। बीच में किसी के बोलने पर वे उसे तुरंत चुप करा

देते हैं। यदि कोई उनसे असहमत होता है, तो उन्हें कहा जाता है कि उसके पास बात समझने लायक़ तजुर्बा नहीं है। संजोग अपनी टीम के प्रति आँखें मूँदे हुए हैं। अपने प्रति भी उनकी आँखें बंद हैं। वे यह नहीं समझते कि वे अपनी टीम से ताक़त लेते हैं और उन्हें शक्तिहीन बना रहे हैं। वे कृष्ण नहीं हैं। उनकी टीम रासलीला का आनंद लेने से कोसों दूर हैं।

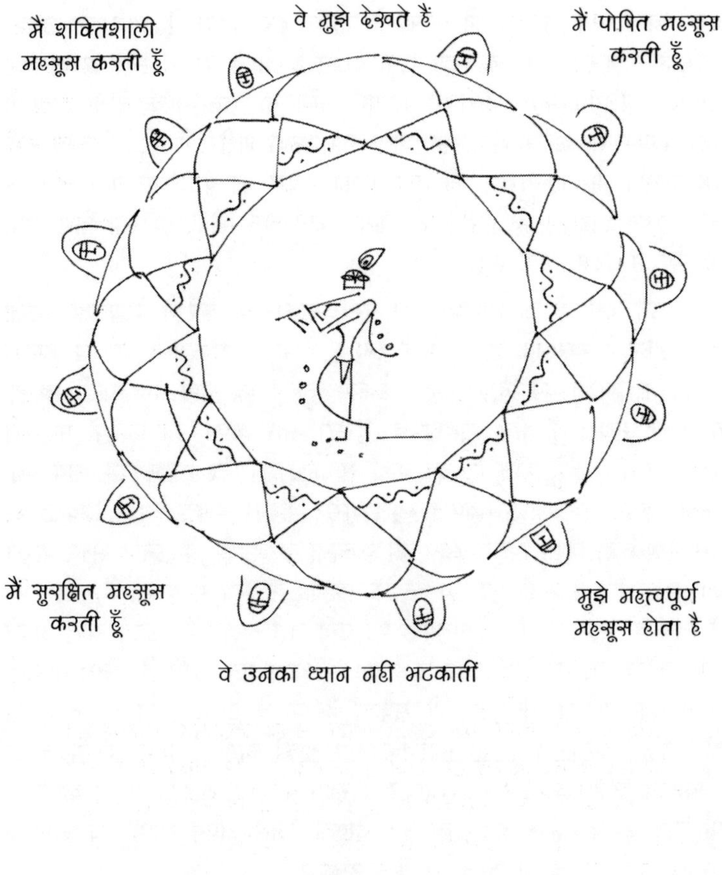

हम वैसा ही दिखना चाहते हैं, जैसी हम स्वयं की कल्पना करते हैं

रामायण और भागवत पुराण, दोनों ही एक कुब्जा यानी कुबड़ी महिला का उल्लेख करते हैं। रामायण में वे मंथरा हैं - बूढ़ी धाय जो राम के विरुद्ध विषैली बातें करके कैकेयी के कान भरती हैं और उन्हें उकसाती हैं कि वे दशरथ से राम को वनवास देने व उनके स्थान पर भरत को राजा बनाने के लिए कहें। भागवत पुराण में वे त्रिवक्रा हैं - चंदन का लेप बेचने वाली एक युवती, जो कृष्ण के पहली बार मथुरा में आने पर उनका अभिवादन करती हैं। जब कृष्ण उन्हें देखते हैं तो वे प्रेम व स्नेह से कसकर उनका आलिंगन करते हैं। उनका वह आलिंगन इतना शक्तिशाली होता है कि त्रिवक्रा का शरीर सीधा हो जाता है। उनके शरीर में कोई विकृति नहीं रह जाती। भागवत पुराण की त्रिवक्रा को मंथरा का पुनर्जन्म माना जाता है और कृष्ण द्वारा उनके शरीर को सीधा किए जाने को उन्हें क्षमा किए जाने के रूप में देखा जाता है।

इन कथाओं को शाब्दिक तौर पर चमत्कार के रूप में देखा जा सकता है या फिर प्रतीकात्मक घटनाओं के रूप में देखा जा सकता है, जो कि हमारी वास्तविक प्रकृति को दिखाती हैं। कैकेयी कुब्जा को नहीं देख पातीं, बल्कि वे केवल मंथरा के शब्द सुनती हैं। दूसरी ओर कृष्ण, त्रिवक्रा के मन को देख पाते हैं : वह कौन है, वह कहाँ से आई है और उसने वह कार्य क्यों किया। कृष्ण, त्रिवक्रा के विकृत स्थूल शरीर के परे देखते हैं। वे त्रिवक्रा को वैसे देखते हैं, जैसा कि वे स्वयं की कल्पना करती हैं, वे उनके सूक्ष्म शरीर को देखते हैं। वे उन्हें सुंदर व निर्दोष महिला के रूप में देखते हैं, जैसा कि वे स्वयं को समझती हैं। इसलिए कृष्ण उन्हें गले लगाते हैं, उनके प्रति अपने स्नेह को व्यक्त करते हैं और उन्हें वह सुरक्षा प्रदान करते हैं, जिसकी उन्हें बहुत आवश्यकता होती है। हो सकता है कि वे अन्य लोगों की तरह ना हों, लेकिन इसका अर्थ यह नहीं कि उन्हें बाक़ी लोगों से कम अनुमोदन की आवश्यकता है। कृष्ण से उसे पाकर वे स्वयं को एक बाहरी व्यक्ति की तरह या फिर कुरूप महिला की तरह नहीं देखतीं, जिसे अपने स्वामी का ध्यान व उनका स्नेह केवल चालबाज़ी से मिल सकता है।

कार्यस्थल कुब्जाओं से भरा पड़ा है। ऐसी दुनिया, जिसमें केवल प्रदर्शन ही महत्त्व रखता लगता है, वे औसत काम करने वाले हैं, जो कि बेल कर्व के ग़लत सिरे पर होते हैं और समुचित कारणों से जिन्हें बाहर निकाला जा सकता है। इससे वे असुरक्षित महसूस करते हैं। अपने काम को सुरक्षित करने का एकमात्र रास्ता उनके पास यह होता है कि वे शक्तिशाली लोगों से सम्बन्ध रखें और बाक़ी लोगों के ख़िलाफ़ उनके कान भरकर वे अपनी वफ़ादारी दिखाते हैं, इससे यजमान को लगता है कि कोई उनका ध्यान रखता है।

क्लार्क ट्रैवल कम्पनी हर साल दो मैनेजमेंट ट्रेनीज़ का चुनाव करती है। इस साल कम्पनी ने मेघना और रोज़ को चुना है। मेघना एक सम्पन्न परिवार की हैं और यह नौकरी उनके लिए केवल शादी से पहले समय बिताने का एक ज़रिया है। यही कारण है कि उनके मैनेजर द्वारा उन्हें ढेर सारा काम दिए जाने और सप्ताहांत पर देर तक रोके रखने पर वे बहुत बुरा मानती हैं। रोज़ बहुत ग़रीब परिवार की हैं और अपने रिश्तेदारों की कृपा से कॉलेज की पढ़ाई पूरी कर सकीं। उन पर बहुत क़र्ज़ है। वे काम पाने पर बहुत आभारी हैं और उसे खोने के डर से बेचैन हैं और सबको ख़ुश रखने को उत्सुक हैं। उनके बॉस उनके काम में ग़लतियाँ खोजते रहते हैं, जिससे रोज़ और डर जाती हैं। मेघना व रोज़ दोनों ही कुब्जा की तरह अप्रिय महसूस करती हैं और ऐसे कृष्ण की लालसा रखती हैं, जो उन्हें वैसे ही देखे, जैसी कि वे असल में हैं।

क्रूर दृष्टि हमारी क्षमता के बजाय हमारे अनुपालन पर अधिक ध्यान देती है

रामायण में हनुमान महत्त्वपूर्ण भूमिका निभाते हैं। उन्हें सीता का ठिकाना खोजने, वानरों की सहायता से समुद्र पर पुल बनाने, लक्ष्मण का जीवन बचाने के लिए संजीवनी बूटी लाने का काम दिया जाता है - वे पूरे महाकाव्य में इन सभी कार्यों को करते हैं और बार-बार अपनी क्षमता को सिद्ध करते हैं। वे पर्वतों को उठाने की ताक़त रखते हैं और इतने चतुर हैं कि सुरसा और सिंहिका जैसी समुद्री राक्षसियों को चकमा देते हैं।

इसके बावजूद महाकाव्य में उन्हें कोई बड़ा ओहदा नहीं दिया जाता। वे राम को वन में मिले कई वानरों में से एक है। वे वानरों के झुंड के मुखिया सुग्रीव नहीं हैं। वे बाली के बेटे अंगद भी नहीं हैं, जिनके नेतृत्व में वानरों का दल सीता की खोज में निकलता है। वे ना तो जामवंत भालू हैं या ना तो वानर नील हैं, जिन्हें पुल बनाने का उत्तरदायित्व दिया जाता है। किसी भी समय हनुमान किसी से भी उसके काम का श्रेय लेते नहीं लगते; जहाँ अपने मंदिर में वे हाथ में पर्वत और राक्षस पर पैर रखे दिखाई देते हैं, वहीं राम के मंदिर में वे अपने स्वामी के चरणों में हाथ जोड़कर संतोषपूर्वक बैठे दिखाई देते हैं।

कौन अपनी टीम में हनुमान को नहीं चाहेगा? एक निपुण कार्यकर्ता, जो अपने काम में बहुत अच्छा है, जो किसी पुरस्कार या मान्यता की इच्छा के बिना जो उसे कहा जाए, वह काम करता है; वह जो अपने स्वामी की आज्ञा मानने को अपनी मान्यता समझता है।

रामायण की इन सभी घटनाओं के होने के कई वर्ष बाद हनुमान अपनी माँ अंजनि को पूरी कथा सुनाते हैं। पूरी कहानी को सुनने के बाद अंजनि आश्चर्यचकित होकर कहती हैं, "उन्हें रावण को हराने के लिए सेना का गठन करने और समुद्र पर पुल बनाने की क्या आवश्यकता थी? तुमने क्यों नहीं अपनी पूँछ को झटककर राक्षसराज व उसकी सेना को सबक़ सिखाया?"

हनुमान जवाब देते हैं, "क्योंकि किसी ने मुझे ऐसा करने को नहीं कहा।"

अचानक हम सोचने लगते हैं कि कहीं वह हाथ से किसी सुनहरे अवसर के चले जाने का का मामला तो नहीं था। हर किसी ने हनुमान की आज्ञाकारिता देखी, लेकिन किसी ने भी उनकी क्षमता को नहीं देखा। हर किसी ने हनुमान को अपने हिसाब से देखा, उनके तरीक़े से किसी ने उन्हें नहीं देखा। एक ऐसी दुनिया, जिसमें हर कोई दृष्टि, प्रणालियों व प्रक्रियाओं के अनुकूल रहने व आज्ञाकारिता को महत्त्व देता है, ऐसे में कहीं व्यक्ति लगातार अदृश्य तो नहीं होता जा रहा?

जब तक यजमान देवता के सामर्थ्य पर ध्यान नहीं देगा, तब तक यज्ञ केवल अपनी क्षमता के एक हिस्से को ही प्राप्त कर पाएगा। तथास्तु यजमान की दृष्टि के कारण सीमित रहेगा।

राजू की ऑटो मरम्मत की दुकान में सारा काम उनके हनुमान एक नौजवान अमोल द्वारा किया जाता है, जो तीन साल से उनके साथ काम कर रहा है। अमोल अपने काम में इतना माहिर है कि वह जटिल से जटिल मुश्किलों को हल कर देता

है। राजू जानते हैं कि वे अमोल पर पूरी तरह भरोसा कर सकते हैं। कोई भी काम अमोल के लिए छोटा या बड़ा नहीं है। वह टायर बदलने का काम करते हुए भी उतना ही ख़ुश रहता है, जितना कि ब्रेक ठीक करते हुए। वह अपने नीचे काम करने वालों पर रौब नहीं जमाता और अपने से ऊपर काम करने वाले लोगों द्वारा चाय मँगवाए जाने पर अपमानित महसूस नहीं करता। जब किसी समस्या का हल नहीं मिल पाता, तो हर कोई जानता है कि उसे अमोल के हवाले कर देना चाहिए। हनुमान की तरह अमोल समुद्र पार कर लेगा और रास्ता खोज लेगा। राजू को अमोल का काम पसंद है। हाँ, राजू उसके काम की तारीफ़ भी करते हैं। लेकिन क्या राजू, अमोल की पूरी क्षमता का उपयोग कर पा रहे हैं ?

अनदेखा रहने पर हमें अपना प्रबंध स्वयं करना पड़ता है

एक बार एक मछुआरा नदी से मछली पकड़ता है, चमत्कारिक रूप से उसे उसमें जुड़वाँ बच्चे मिलते हैं : एक लड़का और एक लड़की। वह मछुआरा बच्चों को अपने देश के निःसंतान राजा उशिनारा के पास ले जाता है। राजा लड़की को छोड़कर, लड़के को गोद ले लेते हैं। लड़की का नाम सत्यवती है, जिसे मछुआरा पालता है।

बड़ी होने पर सत्यवती लोगों को नदी के पार ले जाने का काम करती है। हस्तिनापुर के बूढ़े राजा शांतनु उनके प्रेम में पड़ जाते हैं और उनसे विवाह करना चाहते हैं, लेकिन मछुआरों के राजा कहते हैं, "यह तभी होगा, जब उसके बेटे आपके वारिस होंगे।"

अपने पहले विवाह से शांतनु का एक बेटा था, देवव्रत। अपने पिता को खुश करने के लिए देवव्रत राजसिंहासन पर से अपने दावे को छोड़ देते हैं, ताकि उनके पिता सत्यवती से विवाह कर सकें। "लेकिन यदि तुम्हारे बच्चों ने मेरे बच्चों से लड़ाई की तो?" सत्यवती कहती हैं।

सत्यवती की महत्त्वाकांक्षाओं की जड़ें राजा उशिनारा द्वारा उन्हें अस्वीकार कर उनके बजाय लड़के को प्राथमिकता दिए जाने की बात में हैं। उन्हें राजकुमारी बनने का अवसर नहीं दिया गया, वे अब रानी व राजाओं की माँ बनना चाहती हैं। वे वैसी ही दिखना चाहती हैं, जैसी वे स्वयं की कल्पना करती हैं। कुछ पाने की हमारी इच्छा एकांत में नहीं होती। हमें लोग चाहिए। जब श्रोता हमारा उत्साह बढ़ाने से मना कर देते हैं, तो हम तब तक मेहनत करते हैं, जब तक कि वे हमारी तारीफ़ नहीं करने लगें। हम सत्यवती की तरह दूसरे के माध्यम से अपना अनुमोदन करते हैं। वह दूसरा हमारा पालक है, जिसकी देखरेख की हम लालसा रखते हैं।

नंदिता का सपना सच हो गया। वे एक सफल टीवी कलाकार हैं। उनके पास उनकी कल्पना से भी बहुत अच्छी भूमिका है और उन्हें उसका अच्छा पैसा मिलता है। उनके संघर्ष के दिन समाप्त हो गए हैं। जैसा कि उनके कार्यक्रमों की रेटिंग से स्पष्ट होता है, दर्शक उन्हें पसंद करते हैं। इसके बावजूद वे सेट पर हर रोज़ नखरे दिखाती हैं। देर से आती हैं, जब तक निर्देशक विनती नहीं करे, तब तक अपनी वैन से बाहर नहीं निकलतीं, टेलीविज़न चैनलों के प्रमुखों से मिलने की माँग करती हैं और आख़िरी पल में अपने संवाद बदलने की ज़िद करती हैं। उन्हें लगता है कि जब तक वे यह सब नहीं करेंगी, तब तक उन्हें उनके लायक़ इज़्ज़त नहीं मिलेगी। उनका मूल्य उससे कहीं अधिक है। उन्हें तब बहुत अधिक ख़ुशी हुई, जब एक टीवी पत्रिका से पता चला कि वे टेलीविज़न के इतिहास में सबसे ज़्यादा मेहनताना पाने वाली कलाकार हैं। उन्हें लगा कि आख़िरकार वे लोगों की नज़रों में आई हैं।

हम स्वयं को खलनायक के रूप में नहीं देखना चाहते

नरका नामक असुर अमरावती पर हमला करता है और इंद्र को बाहर निकालकर स्वर्ग के ख़ज़ाने पर क़ब्ज़ा कर लेता है। इंद्र, विष्णु की सहायता चाहते हैं और वैकुंठ में विष्णु को नहीं पाकर बेचैन हो जाते हैं। उन्हें पृथ्वी पर रहने वाले कृष्ण के पास भेज दिया जाता है, जिन्हें विष्णु का अवतार माना जाता है।

इंद्र को कृष्ण की दिव्यता पर संदेह है, लेकिन हताशा में वे फिर भी उनसे सहायता लेने जाते हैं। उन्हें यह देखकर आश्चर्य होता है कि कृष्ण गरुड़ को बुलाकर अपनी पत्नी सत्यभामा के साथ नरकासुर से लड़ने के लिए अपने अस्त्रों से सुसज्जित होकर उस पर सवार होकर आकाश में उड़ जाते हैं। प्रचंड युद्ध के बाद कृष्ण नरकासुर को मारने में सफल होते हैं और इंद्र को उनका राज्य वापस मिल जाता है।

नरका कोई साधारण असुर नहीं है। वह भू-देवी और वराह का पुत्र है। हिरण्याक्ष जब भू-देवी को खींचकर समुद्र के नीचे ले गया था, तब उन्हें बचाने के लिए विष्णु ने वराह अवतार लिया था। जब कृष्ण, नरका को मारते हैं, तो वास्तव में विष्णु अपने पुत्र का वध करते हैं, लेकिन इंद्र को इसकी भनक तक नहीं लगती। जाते समय सत्यभामा, इंद्र के आँगन में लगे पारिजात वृक्ष की इच्छा करती हैं। इंद्र उसे देने से मना कर देते हैं। इंद्र के मना करने पर सत्यभामा चकित रह जाती हैं और उस वृक्ष को अपने साथ पृथ्वी पर ले जाने का हठ करने लगती हैं। अतैव कृष्ण शक्तिपूर्वक उसे ले लेते हैं। इंद्र, कृष्ण को रोकने का प्रयास करते हैं और फिर एक युद्ध होता है। इस बार लड़ाई देवों के साथ है और उसमें इंद्र की हार तय है।

यह कहानी इंद्र के चरित्र को दिखाती है। वे कृष्ण से सहायता लेने को आतुर हैं, लेकिन अपने मुक्तिदाता को एक पेड़ तक देने को तैयार नहीं होते। वे वस्तुओं की इच्छा रखते हैं, लेकिन उन्हें देना नहीं चाहते। देवों

के राजा अपनी उदारता के लिए नहीं जाने जाते। वे अपने स्वर्ग से चिपके रहते हैं, लेकिन उसका आनंद नहीं ले सकते, क्योंकि उन्हें लगातार उसके खोने का ख़तरा बना रहता है। उनकी इस आसक्ति से ऐसी परिस्थितियाँ बनती हैं, जो अमरावती पर उनके नियंत्रण के खोने में योगदान देती हैं। जब विष्णु से सहायता लेकर वह उसे वापस पा लेते हैं, तो वे फिर से अपने पुराने तौर-तरीक़ों पर लौट आते हैं। आपदा आने पर वे दुखी हो जाते हैं, लेकिन सौभाग्य की स्थिति में वे कृपालु नहीं बनते। परिस्थितियाँ उन्हें कुछ नहीं सिखातीं, क्योंकि वे मानते हैं कि उन्हें कुछ नहीं सीखना है। जब कोई उनका ध्यान इस बात की ओर ले जाता है, तो इंद्र जैसे लोग अपने कंधे झटकाकर प्रतिरक्षात्मक स्थिति में आ जाते हैं और कहते हैं : हम ऐसे ही हैं।

तो कार्यस्थल पर इंद्र आपके पास केवल इसलिए आते हैं, क्योंकि उन्हें आपसे कुछ चाहिए। वे आप से उस काम की अपेक्षा करते हैं, क्योंकि वह आपका कार्य है। लेकिन जब आप उनसे कुछ माँगते हैं, तो वे मदद करने से इनकार कर देते हैं, क्योंकि उन्हें लगता है कि आप उनसे कोई उपकार चाहते हैं।

जब भी जॉन के पास मुरली का फ़ोन आता है, वे समझ जाते हैं कि परिवार में कोई परेशानी है। मुरली अपने पारिवारिक कारोबार के एक मुख्य निदेशक हैं और जॉन अकाउंट्स के प्रमुख हैं। जब कभी परिवार के सदस्यों में कोई लड़ाई होती है, तो मुरली, जॉन को फ़ोन करते हैं और घंटों तक अपने परिवार के बारे में अप्रिय बातें कहते हैं और दावा करते हैं कि वे सभी उनके ख़िलाफ़ काम कर रहे हैं। जॉन जानते हैं कि इन चीज़ों को कभी गम्भीरता से नहीं लिया जाना चाहिए। पारिवारिक विवाद के समाप्त हो जाने पर मुरली उन्हें फ़ोन करना बंद कर देंगे और उन्हें बदनाम करने लगेंगे, जब तक कि जॉन पहले किए गए फ़ोन में कही गई बातें उजागर नहीं कर दें। हर कोई सोचता है कि जॉन परिवार के क़रीबी हैं, लेकिन जॉन जानते हैं कि चाहे वे कितने भी वफ़ादार क्यों नहीं हों, उनका प्रदर्शन कितना अच्छा क्यों नहीं हो, वे कभी परिवार का सदस्य नहीं बन सकते, कभी कम्पनी के शेयर होल्डर नहीं बन सकते। इस बात से कोई फ़र्क़ नहीं पड़ता कि मुरली ने उनसे कितने ही वादे क्यों नहीं किए हों। जॉन की पत्नी कहती हैं कि उन्हें अपने अधिकार माँगने चाहिए। "अधिकार?" जॉन मुस्कराते हुए कहते हैं, "मेरे पास केवल हर महीने आने वाला मेरा वेतन है। बाक़ी सबकुछ सिर्फ़ ख़याली पुलाव है।" जॉन जानते हैं कि इंद्र कभी अपने पारिजात वृक्ष से अलग नहीं होंगे। जॉन यह भी जानते हैं कि वे कृष्ण नहीं हैं, जो इंद्र पर क़ाबू पाने की क़ाबिलियत रखते हैं।

हम ध्यान आकर्षित करने के लिए काम का उपयोग प्रकाशस्तम्भ के रूप में करते हैं

रामायण लिखने के बाद वाल्मीकि को पता चलता है कि हनुमान ने भी एक रामायण लिखी है। हनुमान द्वारा लिखे संस्करण को लेकर उत्सुक वाल्मीकि हिमालय की घाटियों में स्थित केले के वन में जाते हैं, जहाँ हनुमान रहते हैं।

वहाँ उन्हें केले का एक पत्ता मिलता है, जिस पर हनुमान ने रामकथा का अपना संस्करण लिखा है। उसकी शब्दावली, व्याकरण, माधुर्य व छंद इतने सम्पूर्ण होते हैं कि वाल्मीकि रोने लगते हैं, "हनुमान की रामायण पढ़ने के बाद कोई भी वाल्मीकि रामायण नहीं पढ़ेगा।" उनकी यह बात सुनकर हनुमान उस पत्ते को फाड़कर अपने मुँह में डालकर उसे गटक लेते हैं, जिस पर उन्होंने महाकाव्य लिखा था। "आपने ऐसा क्यों किया?" वाल्मीकि आश्चर्य भरे स्वर में पूछते हैं।

हनुमान उत्तर देते हैं, "मुझे अपनी रामायण की उतनी आवश्यकता नहीं है, जितनी कि आपको अपनी रामायण की है। आपने रामायण इसलिए लिखी, क्योंकि आप चाहते हैं कि दुनिया आपको याद रखे। मैंने रामायण इसलिए लिखी, क्योंकि मैं राम को याद करना चाहता था।"

राम, नारायण यानी मानव क्षमता का साकार रूप हैं। वाल्मीकि नर यानी मानव हैं। हनुमान वानर हैं, एक बंदर, एक पशु-मानव से कम, क्योंकि उनके पास कल्पना की शक्ति नहीं है। फिर भी वे हनुमान ही हैं, जो अपनी रचना को अपनी क्षमता की खोज करने के अभ्यास के रूप में देखते हैं, जबकि वाल्मीकि अपनी रचना को प्रसिद्धि, आदर और पुष्टिकरण पाने के प्रकाशस्तम्भ के रूप में देखते हैं। हनुमान नारायण की खोज करते हैं, जबकि वाल्मीकि नारायणी चाहते हैं। नारायण अन्य लोगों को देखने में हमारी सहायता करते हैं। नारायणी के कारण हम अन्य लोगों को दिखते हैं।

यह महत्त्वपूर्ण है कि हम स्वयं को याद दिलाएँ कि हम किसके लिए काम करते हैं। जहाँ काम का आधिकारिक उद्देश्य ग्राहकों, मालिकों, कर्मचारियों, शेयर होल्डरों और परिवार को संतुष्ट करना है, वहीं उसका अनाधिकारिक लक्ष्य हमें संतुष्ट करना, लोगों द्वारा हमें देखा जाना और हमारे द्वारा ज़िंदा महसूस किया जाना है।

हमारा काम एक ऐसा साधन है, जो ना केवल भौतिक तौर पर, बल्कि भावनात्मक व बौद्धिक तौर पर हमारे विकास में मदद करता है। वह हमारी दृष्टि का विस्तार कर सकता है। इसे समझे बिना वाल्मीकि केवल भौतिक वृद्धि पर ध्यान केंद्रित करते हैं। हनुमान भावनात्मक व बौद्धिक वृद्धि पर ध्यान लगाते हैं। जब हम अपनी दृष्टि का विस्तार करते हैं, तो भौतिक वृद्धि आती है। लेकिन इसका उल्टा सही नहीं है।

लखोटियाजी ने एक ऐसे इलाक़े में बेहतरीन शैक्षणिक संस्थान स्थापित किए, जहाँ बीस साल पहले तक कोई ढंग का प्राथमिक स्कूल भी नहीं था। उनके कारण बहुत से बच्चों को शिक्षा मिली और कई वयस्कों को नौकरियाँ मिलीं। उस कारोबार ने उन्हें बहुत धनी और अपने समुदाय का सम्मानित सदस्य बना दिया। लेकिन लखोटियाजी ख़ुश नहीं हैं। "सरकार ने मुझे मान्यता नहीं दी। मैं पद्मश्री के योग्य हूँ।" वे फ़िलहाल स्थानीय नेताओं और मीडिया के साथ मिलकर कोशिश कर रहे हैं कि कोई उस सम्मान के लिए उनकी सिफ़ारिश कर दे।

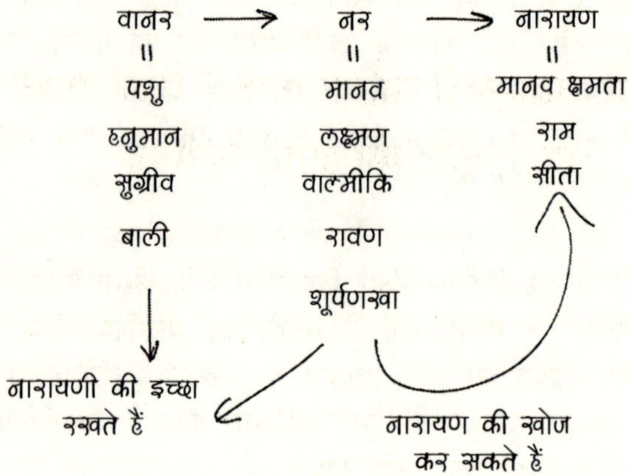
वानर
नर
नारायण
॥
॥
॥
पशु
मानव
मानव क्षमता
हनुमान
लक्ष्मण
राम
सुग्रीव
वाल्मीकि
सीता
बाली
रावण
शूर्पणखा
नारायणी की इच्छा रखते हैं
नारायण की खोज कर सकते हैं

हमारे लक्ष्य सही साबित करते हैं ध्यान रखने वाली दृष्टि की हमारी कमी को

महाभारत में हर चरित्र अदृश्य है। कोई किसी को नहीं देखता। हर कोई आदर्शों व संस्थानों की तरफ़ देखने में व्यस्त है, जब तक कि कृष्ण नहीं आ जाते।

भीष्म अपनी संपत्ति व वैवाहिक अधिकारों का त्याग करते हैं, ताकि उनके पिता सत्यवती से विवाह कर सकें। कुछ समय बाद ही भीष्म स्वयं पर सत्यवती के बच्चों, पोतों और उनके पड़पोतों का उत्तरदायित्व पाते हैं। अपने पिता को प्रसन्न करने के लिए उन्होंने सबकुछ त्याग दिया था, इसलिए वे भी अपेक्षा करते हैं कि घर के सभी बच्चे उसी प्रकार की निःस्वार्थता व कुलीनता का प्रदर्शन करें। परिवार के सदस्यों के भय व असुरक्षाओं को असंयमी कहकर नकार दिया जाता है। उनकी दृष्टि परिवार के नाम पर इस प्रकार टिकी रहती है कि उसके सामने परिवार के सदस्य स्वयं को छोटा व व्यर्थ समझते हैं।

जल्दी ही उनके पड़पोतों की दृष्टि संकुचित होने लगती है। पांडव व कौरव राज्य को अपने उत्तरदायित्व के बजाये अपनी संपत्ति के रूप में देखने लगते हैं। वे एक-दूसरे की तुलना में राज्य को अधिक महत्त्व देने लगते हैं। इसके साथ परिवार का पतन शुरू हो जाता है। किसी भी बिंदु पर किसी का ध्यान इस बात पर नहीं जाता कि उनके अपने सम्मानित पितामह के त्याग ने इस पतन में योगदान दिया है। यहाँ तक कि भीष्म भी पारिवारिक समस्याओं के लिए बाहरी प्रभावों पर दोष मढ़ते हैं, वे कभी अपनी दृष्टि का विश्लेषण नहीं करते।

अक्सर नेता अपने निजी मूल्यों व कार्यक्रमों को लेकर इतने उत्साह में होते हैं कि वे अपने अनुयायियों से भी यही अपेक्षा करते हैं कि वे भी उन बातों को लेकर उतने ही उत्साहित हों। जब अनुयायी उन बातों का विरोध करते हैं या फिर उनके साथ क़दम मिलाने से इनकार कर देते हैं, तो वे

नाराज़ हो जाते हैं। उनके लक्ष्यों के साथ चलने वाले लोगों की तारीफ़ की जाती है, जबकि बाक़ी लोगों की स्वार्थी कहकर भर्त्सना की जाती है।

कई लोगों के लिए अस्तित्व का उद्देश्य स्वयं को साकार करना है और इसके परिणामस्वरूप वे स्वेच्छा से स्वयं को बाक़ी लोगों से अलग-थलग कर लेते हैं। उनके लक्ष्यों व महत्त्वाकांक्षाओं के सामने कुछ भी मायने नहीं रखता। लक्ष्यों को पाने से वे नायक बन जाते हैं और नाकाम रहने पर वे शहीद बन जाते हैं। कोई भी उन निराश चेहरों व टूटे हुए दिलों को नहीं देखता, जिन्हें वे अपने पीछे छोड़ जाते हैं। हमें कहा जाता है कि जब हम कारोबार करते हैं, तो भावनाओं का कोई महत्त्व नहीं होता। हमें यह मानना सिखाया जाता है कि यदि बात व्यक्तिगत नहीं है, तो किसी को चोट पहुँचाना ग़लत नहीं है।

खुली बातचीत के सत्र के दौरान मोबाइल शौचालय बेचने वाले एक संगठन के कर्मचारियों ने शिकायत की कि उनसे आवश्यकता से अधिक काम करवाया जाता था। उन्हें शनिवार की आधी छुट्टी देने का वादा किया गया था, लेकिन उस दिन उनसे देर तक काम लिया जाता था। संगठन के मालिक पूरब ने चिल्लाकर कहा, "मैं आप सबसे अधिक दोगुना काम करता हूँ और इसलिए आपसे अपेक्षा करता हूँ कि आप अधिक काम करें। क्या यह काम महान नहीं है? हम लोगों को खुले शौचालय में जाने की परेशानी से मुक्त कर रहे हैं। आप ऐसे में छुट्टियों की माँग कैसे कर सकते हैं, जब बहुत से लोग ऐसे भी हैं, जिन्हें बुनियादी सुविधाएँ तक हासिल नहीं हैं?" सभी कर्मचारी तुरंत चुप हो गए। किसी ने भी यह बात नहीं उठाई कि वे शेयरधारक नहीं हैं, उन्हें संगठन को मिलने वाले मुनाफ़े में से हिस्सा नहीं मिलेगा और कारोबार के बढ़ने पर उनका वेतन भी उसी अनुपात में नहीं बढ़ेगा। उन्हें पूरब के आदर्शों व दृष्टि की परवाह नहीं थी। उन्हें अपने काम के बारे में अपने परिवारों को बताने में संकोच होता था। लोगों को लगा कि पूरब उनके स्पष्ट दृष्टिकोण को क्रांतिकारी व धमकी भरा समझेंगे, इसलिए वे चुप रहे और उसके सामने सिर झुका दिया, जिसे

उनमें से प्रत्येक शोषण मानता था। पूरब शिकायती स्वर में बड़बड़ाते रहे कि किस तरह उनके कर्मचारियों में संगठन की महान दृष्टि को लेकर स्वामित्व का अभाव है। पूरब, भीष्म हैं, जो अपनी दृष्टि के कारण इतने सीमित हो गए हैं कि यह नहीं देख पाते कि उनके कर्मचारी इंद्र की तरह हैं, जो कम निवेश में अधिक प्रतिफल चाहते हैं। वे यह नहीं देखना चाहते कि सदियों से भारतीय, शौचालय की सफ़ाई करने वाले लोगों को नीची निगाह से देखते रहे हैं।

चिंतन

जब हम सचमुच अन्य लोगों को देखते हैं, तो हम महसूस करते हैं कि वे अक्सर उस पर प्रतिक्रिया करते हैं, जो वे हमें समझते हैं। वे जैसा हमें समझते हैं, वह उससे बहुत अलग होता है, जो हम खुद को देखते हैं। जैसे-जैसे हम इस पर विचार करते हैं, हम दुनिया को समझते हैं और खुद को बेहतर ढंग से समझते हैं।

भय हमें अलग करता है, जबकि कल्पना हमें जोड़ती है

गरुड़ पुराण वैतरणी नामक एक नदी का उल्लेख करता है, जो जीवित लोगों को मृतकों से अलग करती है। यह भय की प्रतीकात्मक नदी है, जो हर ब्रह्मांड को घेरे रखती है और उसे बाक़ी ब्रह्मांडों से अलग रखती है।

'तीर्थ' शब्द घाट की ओर इंगित करता है, नदी का एक ऐसा उथला हिस्सा, जिससे होकर दूसरी ओर जाया जा सकता है। पुल को बनाना पड़ता है, लेकिन उसके उलट घाट प्राकृतिक रूप से मौजूद होते हैं और उन्हें खोजे जाने की ज़रूरत होती है। कल्पना वह घाट है, जो किसी यजमान को देवता के ब्रह्मांड की खोज की सामर्थ्य देता है और उसके अपने ब्रह्मांड को भी देखने की क्षमता देता है कि वह बाहर से कैसा दिखता है। तीर्थ विभाजित करने वाली भय की नदी वैतरणी को ज्ञान की नदी सरस्वती में रूपांतरित कर देता है, जो जोड़ने का काम करती है। तीर्थ की खोज करने और उस पर चलने वाला यजमान तीर्थंकर है। जैन ग्रंथों में सभी माननीय लोगों को इस प्रकार वर्गीकृत किया जाता है :

- कार्यकलापों से अभिप्रेरित वसुदेव जैसे लोग, जो प्रतिवसुदेव से लड़ते हैं, क्योंकि उनके शांतिवादी भाई बलदेव ऐसा करने से मना कर देते हैं।

तीर्थ

- नियमों से अभिप्रेरित या चक्रवर्ती।
- विचारों से अभिप्रेरित या तीर्थंकर।

तीर्थंकर देख सकते हैं कि जहाँ वसुदेव नायक की तरह महसूस करते हैं और प्रति-वसुदेव को खलनायक के रूप में देखते हैं, वहीं प्रति-वसुदेव स्वयं को नेता, चक्रवर्ती या सार्वभौमिक व्यवस्था के रक्षक के रूप में देखते हैं। चक्रवर्ती के लिए वसुदेव नायक नहीं हैं; वे नियम तोड़ने वाले हैं, व्यवस्था के लिए ख़तरा हैं। दोनों ही एक-दूसरे को नहीं देखते। वैतरणी उन्हें अलग करती है। जब तक वे तीर्थ पर होकर नहीं चलेंगे, उनके रिश्ते में टकराव व हिंसा हमेशा बनी रहेगी।

तीर्थंकर के लिए दूसरा दर्पण का काम करता है। उनमें वे अपने व्यक्तित्व के आवर्तित आयामों को देखते हैं। अगर वे इन भावनाओं व चुनावों को आँकने लगेंगे, तो वे उन्हें नकारेंगे, उनमें लिप्त होंगे, उन्हें सही ठहराएँगे, उनसे लड़ेंगे, लेकिन कभी उनसे आगे नहीं बढ़ सकेंगे। उन्हें पीछे छोड़ने के लिए उन्हें उनके अस्तित्व को स्वीकार करना होगा और शांत रहना होगा। यही अहिंसा है।

हम अक्सर दुनिया को अपने पूर्वाग्रहों के माध्यम से देखते हैं। यह बात समझ लेने से कि हर कोई यही करता है, उससे प्रेरित होकर हमें अन्य लोगों के पूर्वाग्रहों को देखना चाहिए और उन्हें सीधे-सीधे ख़ारिज करने के बजाय यह समझना चाहिए कि वे आख़िर वैसा क्यों महसूस करते हैं। चक्रवर्ती वसुदेव की ग़लतियाँ खोजने में व्यस्त होते हैं और वसुदेव भी प्रति-वसुदेव से लड़ने में व्यस्त रहते हैं। क्या चक्रवर्ती को इस बात पर अधिक समय लगाना चाहिए कि क्यों वसुदेव उन्हें प्रति-वसुदेव की तरह देखते हैं और क्या वसुदेव को इस बात पर विचार करने में अधिक समय लगाना चाहिए कि क्यों हर कोई राजा को खलनायक के रूप में नहीं देखता, ऐसा करने से दोनों तीर्थंकर के रास्ते पर चलेंगे।

उर्वशी ने खिलौनों का काम शुरू किया। उन्हें उसमें स्थानीय व अंतर्राष्ट्रीय स्तर पर बहुत संभावनाएँ दिखती थीं, लेकिन वे अपने कारोबार को बढ़ा नहीं पाई, क्योंकि सरकारी नीतियाँ

उसे कुटीर उद्योग के रूप में देखती थीं। छोटे कारोबारियों की सुरक्षा व उनके प्रोत्साहन के लिए इन नियमों को बनाया गया था। लेकिन इन क़ानूनों में दूरदर्शिता की कमी थी और वे अंतर्राष्ट्रीय व्यापारियों को उनके खिलौना उद्योग का समर्थन करने और निम्न दर पर उत्पाद बनाने व उन्हें अन्य बाज़ारों में निर्यात करने से नहीं रोकते थे। बाज़ार में सस्ते विदेशी खिलौनों की भरमार होने के कारण बाज़ार में उर्वशी के सामने बराबरी का मुक़ाबला करने की क्षमता नहीं रही। उर्वशी ने सरकार से हस्तक्षेप की विनती की और बैंकों से उनकी नीतियों पर फिर से विचार करने को कहा। लेकिन कठोर चक्रवर्तियों की तरह नौकरशाह व मंत्री अपनी स्थिति से टस से मस नहीं हुए। उर्वशी सरकार को प्रति–वसुदेव की तरह देखती हैं, जो कि सफल उद्यमी बनने की उनकी राह में एक बहुत बड़ी बाधा हैं। उन्हें अपना कारोबार बंद करना पड़ा और फिर से नौकरी करनी पड़ी।

हम अक्सर भूल जाते हैं कि अन्य लोग दुनिया को अलग तरीक़े से देखते हैं

कुरुक्षेत्र के युद्ध के बाद जब पांडव, कौरवों को पराजित कर देते हैं, तो यह बहस छिड़ जाती है कि जीत के लिए कौन ज़िम्मेदार है। क्या भीष्म, जयद्रथ व कर्ण को मारने वाले अर्जुन उत्तरदायी हैं? या फिर भीम, जिन्होंने सौ कौरव बंधुओं को मौत के घाट उतारा था। कोई भी यह निर्णय नहीं कर पाता, इसलिए वे युद्धक्षेत्र के पास एक पहाड़ी पर मौजूद बात करने वाले एक सिर के पास जाते हैं।

यह एक ऐसे योद्धा का सिर है, जिसे रणभूमि में आने से पहले ही काट दिया गया था। वह युद्ध देखना चाहता था, इसलिए उस पर दया करके कृष्ण ने उसके सिर को उस पहाड़ी पर रख दिया था। उस जगह से वह अठारह दिन चले युद्ध की हर घटना को देख सकता था।

जब उससे पूछा गया कि सबसे महान योद्धा कौन था, तो उस सिर का जवाब था, "मैंने भीम या अर्जुन को नहीं देखा। मैंने पांडवों या कौरवों को नहीं देखा। मैंने केवल भ्रष्ट राजाओं की गर्दन काटते विष्णु के सुदर्शन चक्र को देखा और भू-देवी को अपनी जीभ निकालकर उन राजाओं के रक्त को पीते हुए देखा।"

देखे जाने की लालसा में हम अपने स्वयं के महत्त्व को मान लेते हैं, जब तक कि कोई साथ नहीं आता और हमें याद नहीं करवाता कि हम एक बड़ी तस्वीर का हिस्सा हैं। हमारे विभागों में हमारी भूमिका इतनी महत्त्वपूर्ण हो जाती है कि हम भूल जाते हैं कि हम एक बड़ी व्यवस्था का भाग हैं। हमें बहुत ख़ुशी या दुःख देने वाला हमारा कोई काम हमारे उद्योग में होने वाले हज़ारों सौदों में से एक होता है।

जो लोग ख़रीद-फ़रोख़्त या फिर ग्राहकों से सीधे व्यवहार रखने जैसे कामों में लगे होते हैं, वे विशेष परियोजनाओं या कॉर्पोरेट दफ़्तरों में डेस्क जॉब करने से बचते हैं। आम तौर पर यह किसी भी कर्मचारी के लिए

कम से कम थोड़े समय के लिए अच्छा होता है। एचआर विभाग या वित्त विभाग या सीईओ के दफ़्तर में कुछ समय काम करने से उन्हें संगठन की विस्तृत जानकारी मिलती है और वे अगली पंक्ति में काम कर रहे लोगों की भूमिकाओं के संदर्भ को समझने में सक्षम होते हैं। कैलाश की चकरा देने वाली ऊँचाई से काशी की हलचल उतनी महत्त्वपूर्ण नहीं लगती।

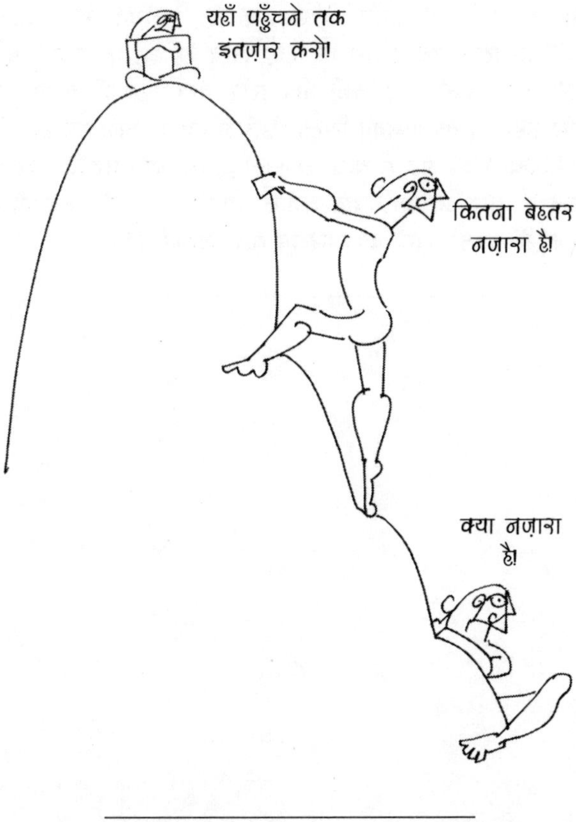

जब उत्पल की कम्पनी ने 40 प्रतिशत लाभ कमाया तो उसमें काम करने वाले कर्मचारियों को 40 प्रतिशत बोनस की उम्मीद थी। लेकिन उन्हें केवल 10 प्रतिशत बोनस मिला,

जिससे मुश्किल से महँगाई का सामना किया जा सकता था। उन्होंने विरोध किया। उत्पल ने उन्हें बताया कि उन्हें एक और कारख़ाना लगाने के लिए उस मुनाफ़े की ज़रूरत थी, जिससे उनकी क्षमता बढ़ सकेगी, उत्पादित वस्तुओं की क़ीमत कम हो सकेगी और वे बाज़ार में प्रतियोगिता करने की स्थिति में बने रहेंगे। लेकिन कामगारों को लगा कि उस तर्क का इस्तेमाल उन्हें उनके अधिकार से वंचित करने के लिए किया जा रहा था। बड़े कारख़ाने से उन्हें क्या फ़ायदा होने वाला था? उत्पल लम्बे समय के लिए सोच रहे थे, कामगारों की दृष्टि अल्प अवधि पर टिकी थी। इससे कई तरह की बहस हुई और हड़ताल की धमकी मिली। उत्पल को वे कामगार अपनी परिकल्पना की राह में बाधा लगे। वे अपनी बात पर टिके रहने वाले थे और अधिक दबाव बनाना चाहते थे, ताकि उन्हें फिर मजदूरी से जुड़े मुद्दों का सामना नहीं करना पड़े।

हम जिस तरह दूसरों को देखते हैं, उससे हमारा व्यक्तित्व उजागर होता है

रावण द्वारा सीता का अपहरण किए जाने के बाद उनकी खोज के दौरान जंगल में राम व लक्ष्मण को शबरी नामक एक बूढ़ी महिला मिलती है, जो उन्हें अपने घर खाने के लिए आमंत्रित करती है। वह जंगल से जमा किए गए बेर खाने के लिए देती है।

शबरी द्वारा हर बेर को चखकर राम को दिए जाते हुए देखकर लक्ष्मण हक्के-बक्के रह जाते हैं। कई बार वह जूठा बेर उन्हें भी देती है, लेकिन वे उसे फेंक देते हैं। "तुम्हारा इतना साहस कि तुम मेरे भाई को जूठे बेर दो?" लक्ष्मण चिढ़कर कहते हैं। "तुम जानती हो कि वे कौन हैं? वे रघुकुल के राम हैं, अयोध्या के राजा हैं?" लज्जित शबरी राम के चरणों में गिर जाती है और अपनी भूल के लिए क्षमा माँगती है।

लक्ष्मण की ओर आश्चर्य से देखते राम कहते हैं, "तुम क्या देख रहे हो, लक्ष्मण? यहाँ एक बूढ़ी महिला अपने सबसे बढ़िया भोजन को दो पूरी तरह अपरिचित व्यक्तियों के साथ साझा कर रही है और वह भी तब जब हम दोनों सशस्त्र हैं। और तुम उन पर क्रोधित हो रहे हो? उनकी ओर देखो : वे जंगल में रहती हैं और तुम उनसे महल के शिष्टाचार की अपेक्षा कर रहे हो? वे उन बेरों को इसलिए चख रही हैं कि वे हमें सबसे मीठे और रसीले बेर खिला सकें। उनकी उदारता व दयालुता की सराहना नहीं करके तुम उन पर क्रोधित हो रहे हो! यह तुम्हारे बारे में क्या बताता है? हो सकता है कि तुम्हारे लिए अयोध्या व रघुकुल महत्त्वपूर्ण हों, लेकिन उनके लिए उस सबका कोई मूल्य नहीं है। तुम अपेक्षा करते हो कि वे भी मुझे वैसे ही देखें, जैसा तुम देखते हो। लेकिन क्या तुम वास्तव में मुझे देखते हो? क्या तुम उसके सिवा कुछ और देखते हो, जिस प्रकार तुम विश्व की कल्पना करते हो?"

लक्ष्मण जिस प्रकार शबरी को देखते हैं, उससे शबरी के बारे में तो कुछ पता नहीं चलता, लेकिन लक्ष्मण के बारे में सब कुछ उजागर हो जाता

है। किसी यजमान के निर्णयों, निर्देशों व रवैये से यह पता चलता है कि वह कैसे यज्ञ व देवता और अपनी भूमिका को देखता है। अक्सर कार्यस्थल लक्ष्मणों से भरा होता है, जो राम की तरह अन्य लोगों की सराहना उनके कारण नहीं करते, बल्कि बाक़ी लोगों को आँकने व निर्देश देने के लिए तत्पर होते हैं।

कई नेताओं का आग्रह होता है कि उनके सहायक मीटिंग से उस व्यक्ति की पृष्ठभूमि पर एक छोटा-सा नोट तैयार करें, जिससे वे मिलने वाले हैं। इससे यह सुनिश्चित होता है कि मिलने वाले व्यक्ति के साथ होने वाली बातचीत के दौरान वे कोई ग़लती नहीं करें और उस पर यह छाप छोड़ें कि वह व्यक्ति महत्त्वपूर्ण है और उसकी उपस्थिति दर्ज की गई है।

टीम मीटिंग के दौरान सबसे जूनियर ट्रेनी ने एक विचार रखा। "बहुत बेतुकी बात है," चीफ़ ऑपरेटिंग ऑफ़िसर कुरैशी ने उसकी बात काटते हुए कहा। बाद में कॉफ़ी ब्रेक के दौरान चीफ़ एग्ज़ीक्यूटिव ऑफ़िसर अंसारी ने कुरैशी को एक तरफ़ बुलाकर कहा, "उस ट्रेनी के प्रस्ताव को सबके सामने काटकर आपने टीम के सभी लोगों को डरा दिया। अब उनमें उसे कोई

भी आपसे अपने विचार खुले तौर पर नहीं बाँटेगा। वे इस बात को लेकर फ़िक्रमंद रहेंगे कि पता नहीं आप क्या कहेंगे। कोई भी किसी के सामने बेवकूफ़ जैसा नहीं दिखना चाहेगा। वह ट्रेनी कितना दिलेर था कि कम्पनी के वरिष्ठ लोगों के सामने अपने विचार खुलकर रख पाया। उसकी तारीफ़ किए जाने के बजाए आपने उसका मखौल उड़ाया। इससे आपने उसे उसके दर्जे से भी नीचे कर दिया। मैं समझ सकता हूँ कि आपने उसके प्रस्ताव को निष्पक्ष ढंग से देखा, लेकिन काश, आप उसे व्यक्तिपरक ढंग से देख पाते। फिर आप उस तरह से उसका हौसला नहीं तोड़ते।" लक्ष्मण की तरह कुरैशी उस ट्रेनी के साहस को नहीं देख पाए। अब उन्हें महसूस हुआ कि अंसारी को क्यों सब लोग पसंद करते हैं। यह सिर्फ़ उनके दर्जे की वजह से नहीं है। अंसारी ने कभी किसी का मज़ाक़ नहीं उड़ाया; उन्होंने कभी किसी को छोटा महसूस नहीं करवाया। हर किसी के विचारों को वे महत्त्व देते और यह देखने में उनकी मदद करते कि उस विचार का कार्यान्वयन कैसे हो सकता था या फिर नहीं हो सकता था।

लोग जिस प्रकार हमें देखते हैं, उससे हमारे बारे में पता चलता है

यह जानकर सूर्य देवता अत्यंत भयभीत हो गए कि जो स्त्री उनके घर में है, वह उनकी पत्नी शरण्या नहीं होकर उसकी छाया है। वे अपने श्वसुर के घर गए और उनसे इसका स्पष्टीकरण माँगा। वहाँ उन्हें पता चला कि उनकी पत्नी उन्हें छोड़कर इसलिए गई, क्योंकि वे उनकी दिव्य आभा को सहन नहीं कर पाईं।

सूर्य को महसूस हुआ कि उनकी कहानी में वे पीड़ित थे, लेकिन उनकी पत्नी के अनुसार वे खलनायक थे। उन्हें चुपचाप उनके घर से निकलना पड़ा और अपने पीछे अपनी परछाई को छोड़ना पड़ा, इससे यही पता चलता है कि वे कितनी अधिक भयभीत थीं। यदि सूर्य अपनी पत्नी के दृष्टिकोण से दुनिया को देखते, तो वे उनके द्वारा घर छोड़ने के कठोर निर्णय लेने से पहले ही यह जान जाते कि उनकी पत्नी किस चीज़ से डरती हैं।

सूर्य फिर अपनी पत्नी की खोज में निकल पड़ते हैं और उन्हें पता चलता है कि उनकी पत्नी ने घोड़ी का रूप धारण किया है। उन्हें फिर से मानव स्वरूप में आने के लिए कहने के बजाय सूर्य स्वयं घोड़े का रूप धारण करके उनके पीछे जाते हैं।

सूर्य चाहते तो अपनी पत्नी से अपेक्षा करते कि वे उन्हें उनके मूल स्वरूप में ही स्वीकार करें या फिर पत्नी को अपने अनुसार बदलने के लिए विवश करते, लेकिन उसका अर्थ होता कि उनमें वृद्धि की क्षमता नहीं है। दूसरे व्यक्ति के दृष्टिकोण पर विचार ने सूर्य को दूसरे के अनुरूप ढलने, समायोजित करने व आगे बढ़ने की अपनी क्षमता की खोज के लिए तत्पर किया। देवता से वे पशु बन गए और चरागाह में तब तक प्रसन्नतापूर्वक रहे, जब तक कि उनकी पत्नी उनके साथ आकाश में जाकर उनके साथ देवी के रूप में रहने के लिए तैयार नहीं हो गईं।

यह कहानी बताती है कि कैसे हमारे आसपास के लोगों का बर्ताव इस बात की प्रतिक्रिया होता है कि वे हमें कैसे देखते हैं। यदि वे हमसे डरते हैं,

तो वे एक प्रकार का बर्ताव करेंगे। यदि वे हम पर विश्वास रखते हैं, तो उनका बर्ताव अलग होगा। सभी तरह के व्यवहार इस बात पर निर्भर करते हैं कि लोग हमें कैसे देखते हैं। हम बाक़ी लोगों से यह माँग कर सकते हैं कि वे हमारे बारे में अपनी सोच बदलें या फिर हम स्वयं को बदलने का निर्णय करें और अधिक विश्वासयोग्य बनने की दिशा में काम करें। बाद के विकल्प में वृद्धि निहित है।

लोग अक्सर सोचते हैं कि क्यों दफ़्तर में उनके साथ सम्मानजनक बर्ताव किया जाता है और घर में ऐसा क्यों नहीं होता। यह अक्सर परिवार व कार्यस्थल पर मौजूद सत्ता की संरचना की ओर संकेत करता है। यदि परिवार में सब हमसे डरते हैं, तो हर कोई हमारी बात मानता है। यदि कार्यालय में लोग हमसे डरते हैं, तो हमारे आसपास सभी सावधानी से रहते हैं। यदि हम अपने परिवार के सदस्यों के साथ बेरहमी से पेश आते हैं, तो अक्सर यह इस बात की ओर संकेत करता है कि हमें लगता है कि वे हमें वैसे नहीं देखते, जैसा कि हम दिखना चाहते हैं या सुनाई देना चाहते हैं। दूसरा व्यक्ति हमेशा दर्पण होता है, जिसमें हम अपना दर्शन कर सकते हैं।

	मैं हूँ...	वह है...	
1.	बाघ	बाघ -------------------	टकराव
2.	बाघ	बकरी -----------------	मैं उस पर आधिपत्य रखता हूँ
3.	बकरी	बाघ -------------------	वह मुझ पर वर्चस्व रखता है
4.	बकरी	बकरी -----------------	हम साथ चरते हैं
5.	मानव	कुछ भी ---------------	मैं उसे शामिल कर सकता हूँ चाहे वह मुझे शामिल नहीं करे

दो साल तक संदेश ऑपरेशन्स डिपार्टमेंट के प्रमुख रहे और उस विभाग में उन्होंने कई प्रणालियों व प्रक्रियाओं को तय किया। बहुत मुश्किल से उन्होंने अपनी टीम को नए वातावरण के अनुरूप ढाला और उसके परिणाम शानदार रहे। फिर संदेश ने रणनीतिक सोच पर समय लगाने का निर्णय लिया और केतन को ऑपरेशन्स की ज़िम्मेदारी सौंप दी। उन्हें बस यह

सुनिश्चित करना था कि दो साल पहले जिन प्रणालियों व प्रक्रियाओं को तैयार किया गया था, उनका ठीक से पालन हो। लेकिन संदेश द्वारा केतन को काम सौंपने के तुरंत बाद ही गड़बड़ी शुरू हो गई। कोई भी प्रक्रियाओं या प्रणालियों को नहीं मानता था और रिपोर्ट्स देर से आने लगीं। संदेश इस बात से नाराज़ थे कि केतन व उनकी टीम अपना काम करने में नाकाम रही थी। लेकिन उन्होंने पाया कि उस बात से कुछ उनके बारे में उजागर होता था। अपने व्यक्तित्व के बल पर उन्होंने नई प्रक्रियाएँ तैयार की थीं। लोग प्रक्रियाओं के अनुसार इसलिए चलते थे, क्योंकि वे संदेश का अनुसरण करते थे, ना कि प्रक्रिया का। जब केतन ने उनकी जगह ली, तो सबकुछ बिखर गया। केतन के व्यक्तित्व में वह दम नहीं था, जो कि उनकी अपनी शख़्सियत में था। चाहे वे केतन व उनकी टीम को कितना भी दोषी मानें, समस्या की जड़ में वही थे। अब उन्हें वापस जाकर ऑपरेशन्स पर ध्यान केंद्रित करना था। लेकिन इस बार सूर्य की तरह उन्हें खुद को बदलना था। लोगों को काम करना सिखाना था, इसलिए नहीं कि उन्होंने वैसा कहा था, बल्कि इसलिए कि उस काम को किया जाना था; अन्य शब्दों में, लोगों को काम की ज़िम्मेदारी लेनी थी। उन्हें केतन के साथ भी काम करना था, ताकि केतन भी त्यक्त महसूस किए बिना उस बड़ी ज़िम्मेदारी को सँभाल सकें। सोच में आए इस बड़े बदलाव से संदेश ने अपने लिए वृद्धि का अवसर तैयार किया था।

अन्य लोग अवलोकन की हमारी शक्ति को उजागर करते हैं

ऋषभ एक अत्यंत सम्मानित राजा हैं, जिन्हें इंद्र अमरावती में एक नृत्य के आयोजन में आमंत्रित करते हैं। प्रदर्शन बहुत शानदार रहता है। ऋषभ नृत्यांगना के नृत्य कौशल से सम्मोहित हो जाते हैं, लेकिन नृत्य के दौरान अचानक नृत्यांगना की मृत्यु हो जाती है। इंद्र अपनी जादुई शक्ति से मृत नृत्यांगना को ग़ायब करके उसके स्थान पर दूसरी नृत्यांगना को ले आते हैं। यह सब इतनी जल्दी होता है कि उस पर ऋषभ के अलावा किसी का ध्यान नहीं जाता। इससे वे सोच में पड़ जाते हैं।

इंद्र ऐसा क्यों करते हैं? सत्य को छिपाने का क्या कारण हो सकता है? ऋषभ महसूस करते हैं कि बाहरी वैभव व प्रतिष्ठा के बावजूद इंद्र स्वयं को शिकार के रूप में देखते हैं। उन्हें अपने जादुई छल से स्वयं को सुरक्षित करने की आवश्यकता पड़ती है। इंद्र अपने शिकारी के रूप में किसकी कल्पना करते हैं? ऋषभ को लगता है कि इंद्र की दृष्टि में वे बाघ हैं। इससे उन्हें आश्चर्य होता है, क्योंकि वे स्वयं को एक दयालु राजा के रूप में देखते हैं। क्या इंद्र द्वारा की गई उनकी कल्पना की तुलना में ऋषभ द्वारा की गई स्वयं की कल्पना अधिक सत्य है?

इंद्र द्वारा कल्पित ऋषभ की छवि उनके भय से उपजी है। शायद इसे समझे बिना ऋषभ, इंद्र के भय में योगदान दे रहे हैं। ऋषभ एक दंभी और कुलीन राजा के रूप में दिखते हैं, स्पष्टतः जिनकी नैतिकता का स्तर इंद्र से ऊँचा है और इससे इंद्र असुरक्षित महसूस करते हैं। ऋषभ देखते हैं कि कैसे कल्पना एक जंगल का निर्माण करती है, जबकि जंगल मौजूद ही नहीं होता। मन की आँख से देखने पर शिकारी शिकार की खोज करता लगता है, अल्फ़ा वर्चस्व की खोज करता दिखता है।

यह घटना ऋषभ को तीर्थंकर में बदल देती है, क्योंकि वे स्पष्ट रूप से विचारों की हिंसा को देख सकते हैं। वे इस हिंसा का त्याग करने व हर

प्रकार के आधारभूत भय से आगे बढ़ने का निर्णय लेते हैं। वे तय करते हैं कि अपना समय विचारों के दायरे को देखने में लगाएँगे, ताकि वे अपने हर मिलने वाले से भिड़ने की कोशिश करने के बजाय उन्हें समझें और उनकी बातों को समाहित कर सकें। यहाँ यह देखना महत्त्वपूर्ण है कि उस घटना का इंद्र पर कोई प्रभाव नहीं पड़ता और वे पहले जैसे ही रहते हैं।

हमारी उपस्थिति हमारे आसपास मौजूद लोगों पर प्रभाव डालती है। हम उन्हें एक तरीक़े से देख सकते हैं और वे हमें किसी अन्य ढंग से देख सकते हैं। हो सकता है कि हमें लगे कि हम मदद कर रहे हैं, जबकि अन्य लोगों को लगे कि हम उन पर कृपा कर रहे हैं। हर एक के ब्रह्मांड में ब्रह्मा हमेशा सही होते हैं।

इप्सिता गौर करती है कि उनके सेक्रेटरी सिद्धार्थ का उनसे बात करने का तरीक़ा दफ़्तर के चपरासियों से बात करने के लहजे से काफ़ी अलग है। उनके सामने सिद्धार्थ बहुत आदर व नर्मी से पेश आते हैं, जबकि चपरासियों के साथ उनका बर्ताव अशिष्ट व घमंड भरा होता है। इप्सिता यह समझ जाती हैं कि उन्हें सिद्धार्थ अल्फ़ा की तरह देखते हैं और उनकी शक्ति का

सम्मान करते हैं। लेकिन चपरासियों के सामने वे स्वयं को अल्फ़ा की स्थिति में रखना चाहते हैं और इस प्रकार कार्यालय में वर्ग व्यवस्था स्थापित करना चाहते हैं। सिद्धार्थ पर वर्चस्व रखने की इप्सिता की कोई इच्छा नहीं है, वे पारदर्शी व पेशेवर रिश्ता चाहती हैं। लेकिन वे दुनिया को देखने के सिद्धार्थ के नज़रिये को नहीं बदल सकतीं। सिद्धार्थ बहुत कम समय में बेहद पेशेवर वातावरण को एक सामंती व्यवस्था में बदल सकते हैं। आत्मविश्लेषण करने पर इप्सिता पाती हैं कि उन्हें सिद्धार्थ द्वारा उनके प्रति व्यक्त सम्मान एक हद तक अच्छा लगता है। उसका आनंद लेकर वे भी शक्ति के समीकरण में योगदान दे रही हैं। अब वे जान जाती हैं कि अपने देश में कार्यस्थल पर बराबरी की सराहना करने वाले दूसरे देशों के लोग कैसे भारत में अपने कार्यकाल के दौरान अपनी टीम की जीहुजूरी का मज़ा लेते हैं। ऋषभ के विपरीत इप्सिता को भय का कारण बनना अच्छा लगता है। उससे वे शक्तिशाली महसूस करती हैं।

कोई अन्य हमारी असंवेदनशीलता को उजागर करता है

महाभारत में मत्स्य के राजा विराट तक यह समाचार पहुँचता है कि उनके बेटे उत्तर ने कर्ण व दुर्योधन जैसे महान योद्धाओं को पीछे धकेलकर अकेले कौरव सेना को हरा दिया है। युवा राजकुमार के स्वागत के लिए नगर तैयार था - गलियों में पानी छिड़का गया, इमारतों को फूलों, दीपकों व लहराते झंडों से सजाया गया था। राजा विराट का सीना गर्व से फूल गया। उनके बेटे ने असम्भव को सम्भव कर दिया था। उन्होंने कवियों को उत्तर के सम्मान में कविताएँ लिखने को कहा।

"लेकिन राजन," विराट के पास खड़े पुरोहित ने कहा, "क्या यह बात कुछ विचित्र नहीं लगती कि एक छोटा-सा लड़का इतनी शक्तिशाली सेना को हरा पाया? उनके पास सहायता करने के लिए कोई था। शायद उनके नपुंसक सारथी बृहन्नला से उन्हें मदद मिली हो, जो कभी महान धनुर्धारी अर्जुन की सेवा में थे।" राजा ने पुरोहित की बात को अनदेखा किया और अपने बेटे की प्रशंसा जारी रखी। पुरोहित ने एक बार फिर कहा, "यह बात तो निश्चित है महाराज कि आपको भी इस बात पर विश्वास नहीं कि राजकुमार अकेले ऐसा कर सकते हैं। उन्हें अवश्य ही किसी दूसरे की सहायता मिली होगी, संभवतः कभी महान धनुर्धारी अर्जुन की सेवा में रहे बृहन्नला की।" राजा ने एक बार फिर पुरोहित की बात पर ध्यान नहीं दिया। पुरोहित द्वारा फिर से वही बात दोहराए जाने के बाद अंततः राजा ने बहुत हिंसक ढंग से अपनी प्रतिक्रिया दी, "अपना मुँह बंद रखो!" वे चिल्लाए और पुरोहित को इतनी ज़ोर से थप्पड़ मारा कि उनकी नाक से ख़ून निकलने लगा।

पुरोहित सच कह रहे थे। उत्तर को वास्तव में उनके नपुंसक सारथी बृहन्नला से सहायता मिली थी, जो वास्तव में अर्जुन थे, जिन्होंने रूप बदला हुआ था। लेकिन राजा सच्चाई सुनने को तैयार नहीं थे। वे बस अपने बेटे की कथित सफलता का आनंद लेना चाहते थे, लेकिन पुरोहित ने सही बात

बताने के अपने अथक प्रयास में एक पिता की इच्छा को नहीं समझा। पुरोहित का सत्य ठंडा व असंवेदनशील था। राजा को कम से कम कुछ समय के लिए सच की क़ीमत पर करुणा की आवश्यकता थी।

पुरोहित वास्तव में युधिष्ठिर थे, जिन्होंने वेश बदला हुआ था। यह घटना पांडवों के वनवास के अंतिम वर्ष की है, जब उन्हें अपनी पहचान छिपाकर अज्ञातवास में रहना था। इस अपमान से युधिष्ठिर के सामने भ्रम की मानव इच्छा और कठोर सत्य के प्रति नर्मी बरतने का महत्त्व उजागर हुआ। युधिष्ठिर अपनी ईमानदारी में इतने रमे थे कि उन्होंने यह नहीं समझा कि दूसरा व्यक्ति उस ईमानदारी को ग्रहण करने में अक्षम है।

राजा के साथ सम्मान व चतुराई से संवाद करने की क्षमता को संस्कृत में सभा-चातुर्य के नाम से जाना जाता है, जिसका शाब्दिक अर्थ है 'दरबार में व्यावहारिकता'। दरबार में बने रहने व अपना काम करवाने के लिए मंत्रियों व दरबारियों में यह गुण होना आवश्यक था। नेताओं के साथ काम करने वाले लोगों में यह विशेषता होना ज़रूरी है। यहाँ तक कि लोगों का नेतृत्व करने वाले व्यक्तियों में भी यह ख़ासियत होनी चाहिए।

इस हुनर की बुनियाद इस अवलोकन में मौजूद है कि सच को लेकर लोग सहज नहीं होते, ख़ासकर जब वह सच उन्हें नकारात्मक रूप में दिखाए या फिर उसके परिणाम उन पर विपरीत प्रभाव डालें। उसका सामना होने पर वे नकारात्मक रूप से प्रतिक्रिया करते हैं - रोष या उसे नकारना। वे रक्षात्मक मुद्रा में आ सकते हैं या निवेदन को ठुकरा सकते हैं। इस प्रकार काम नहीं हो पाता। इसके लिए रणनीतिक संवाद, जिसे कूटनीति के नाम से भी जाना जाता है, जिसकी कि ज़रूरत होती है। व्यक्ति में सभा-चातुर्य होना चाहिए।

राठैड़जी ने बहुत समय पहले सभा-चातुर्य की कला पर महारत हासिल कर ली थी। वे जानते थे कि उनके बॉस श्री खिलाचंद प्रतिभाशाली व्यक्ति थे, जो बहुत ग़रीबी से ऊपर उठे थे। वे यह भी जानते थे कि उनके बॉस का अहंकार पहाड़ से भी बड़ा था। वे कोई भी ग़लती मानना या क़बूलना नहीं चाहते थे। अगर किसी ग़लती की तरफ़ इशारा किया जाता, तो वे पूरी

कोशिश करते कि उसे सही ठहराया जाए। श्री खिलाचंद अपने एक दूर के चचेरे भाई को बहुत पसंद करते थे और जब उनके सामने एक उम्मीदवार उनके भाई की सिफ़ारिश लेकर आया, तो उन्होंने ज़्यादा सोच-विचार किए बिना उसे अपने कई तेल डिपो में से एक का मैनेजर बना दिया। वह व्यक्ति किसी काम का नहीं था। वह काम नहीं करता था और उसने काम के रास्ते में भी रोड़े अटकाए। लेकिन खिलाचंद से शिकायत करने की किसी की हिम्मत नहीं हुई। शिकायत करने का मतलब था इस बात की ओर संकेत करना कि श्री खिलाचंद बेवकूफ़ थे, जो उन्होंने उस व्यक्ति की योग्यता की जाँच किए बिना सिर्फ़ सिफ़ारिश के कारण उसे नौकरी पर रख लिया। खिलाचंद को खुद को बेवकूफ़ साबित करना बिल्कुल पसंद नहीं आता। अपनी बात को सही साबित करने और बाक़ी लोगों को ग़लत ठहराने के लिए वे गुस्से में आकर शिकायत करने वाले इंसान को भी नौकरी ने निकाल सकते थे और नौकरी पर रखे अयोग्य आदमी का वेतन बढ़ा सकते थे या फिर उसे पदोन्नति दे सकते थे। यह बात अविवेकी थी, लेकिन वे ऐसे ही थे। राठौड़जी यह बात जानते थे और जब यह समस्या उनके सामने रखी गई, तो उन्होंने उस पर काफ़ी विचार किया कि कैसे स्थिति को बिगाड़े बिना और खिलाचंद को नाराज़ किए बिना उन तक अपनी बात पहुँचाई जाए।

दूसरा हमारी कमी को उजागर करता है

जब रावण युद्धभूमि पर घायल पड़े होते हैं और वानर अपनी विजय का उत्सव मना रहे होते हैं, तो राम अपने भाई लक्ष्मण को कहते हैं कि वे विद्वान राक्षसराज से जो कुछ ज्ञान प्राप्त कर सकते हैं, उसे प्राप्त कर लें। लक्ष्मण उनकी आज्ञा का पालन करते हैं, लेकिन जल्दी ही यह कहते हुए लौट आते हैं कि ज्ञान बाँटने की बात करने पर अहंकारी रावण ने अपना मुख फेर लिया।

राम अपने भाई को देखते हुए उनसे पूछते हैं, "उनसे ज्ञान देने की बात करने पर तुम कहाँ खड़े थे?" लक्ष्मण जवाब देते हैं, "उनके सिर के पास, ताकि उनकी कही बात को स्पष्ट सुन सकूँ।" राम मुस्कराते हुए अपने धनुष को नीचे रखते हैं और उस जगह तक जाते हैं, जहाँ रावण पड़े हैं और रावण के पैरों पर झुक जाते हैं, जिससे लक्ष्मण को बहुत हैरानी होती है।

अत्यंत विनम्रता से हाथ जोड़कर राम कहते हैं, "हे लंकाधिपति, आपने मेरी पत्नी का अपहरण किया, एक ऐसा घोर अपराध जिसके लिए मुझे आपको दंडित करना पड़ा। अब आप मेरे शत्रु नहीं हैं। मैं आपके सामने सिर झुकाकर आपसे यह विनती करता हूँ कि आप मेरे साथ अपना ज्ञान बाँटें।"

लक्ष्मण को यह देखकर और भी आश्चर्य हुआ कि रावण ने अपनी आँखें खोलीं और राम का अभिवादन करने के लिए अपने हाथ जोड़े। "कितना अच्छा होता कि मेरे पास इतना समय होता कि मैं आपके शत्रु से अधिक आपका गुरु बन पाता। अपने अशिष्ट छोटे भाई के विपरीत आप मेरा ज्ञान प्राप्त करने के सच्चे अधिकारी हैं।" फिर रावण ने अपने अपार ज्ञान को उनके साथ बाँटा और मृत्यु को प्राप्त हुए।

राम के साथ मिलकर रावण के विरुद्ध युद्ध करने के बावजूद लक्ष्मण ने रावण को उनके असली रूप में नहीं देखा। उन्होंने अपने आसपास मौजूद लोगों पर वर्चस्व रखने की रावण की इच्छा को नहीं देखा। उन्होंने यह

नहीं देखा कि वानर सेना द्वारा रावण के भाइयों, बेटों, प्रजा को मारे जाने व उनके नगर को संकट में डाले जाने के बावजूद उन्होंने किस कारण से सीता को नहीं छोड़ा। क्या ऐसा व्यक्ति मुक्त रूप से अपने ज्ञान को साझा करेगा? राम मरणासन्न होते हुए भी रावण की प्रभुता जमाने की इच्छा को देख सकते हैं। यही इच्छा रावण को बिना किसी शर्त के उदारता से अपने ज्ञान को बाँटने से रोकती है। इसलिए राम राक्षसराज को संतुष्ट करते हैं और उन्हें वह शक्ति देते हैं, जिसकी उन्हें स्वाहा में आवश्यकता है और वे तथास्तु के रूप में रावण के ज्ञान को प्राप्त करते हैं।

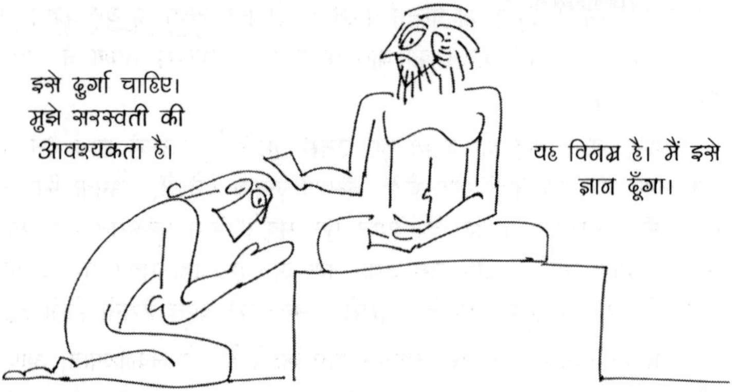

एक आदर्श दुनिया में हमें भ्रम को प्रोत्साहन नहीं देना चाहिए। सब कुछ तथ्यात्मक होना चाहिए। मरणासन्न रावण को बताया जाना चाहिए कि वह कितना घटिया व तुच्छ था। लेकिन यह दुनिया आदर्श नहीं है और भ्रम हमें यथार्थ की कटुता से निपटने में सक्षम बनाते हैं। भय के कारण हम भ्रम की लालसा करते हैं। उनसे महत्त्व मिलता है। उनके बिना कोई इच्छा नहीं होगी, विलासिता की वस्तुओं के लिए बाज़ार नहीं होंगे, ब्रैंड्स की ज़रूरत नहीं रहेगी और ना ही विज्ञापनों की आवश्यकता रहेगी।

टिकट काउंटर पर बैठा सहायक बहुत अशिष्ट था, लेकिन मनीष ने कुछ नहीं कहा। वे चिल्लाना चाहते थे, लेकिन फिर भी मुस्कराते रहे। वे समझ गए कि उस सहायक के पास दुर्गा पाने का कोई अन्य साधन नहीं था, इसलिए वह कुछ ज़्यादा ही दंभी होने की कोशिश कर रहा था। यदि वह सम्मानजनक ढंग से बर्ताव करता, तो टिकट बहुत तेज़ी से बदला जाता और बेकार की परेशानी से बचा जा सकता था। नहीं, वह ठीक नहीं था। वह स्टेशन मैनेजर से शिकायत कर सकता था। लेकिन उसमें समय की बर्बादी होती। वह दुनिया बदलने के लिए नहीं आया था। वह बस अपना काम करवा कर आगे बढ़ जाना चाहता था। इसलिए उसने सहायक को दुर्गा की ख़ुराक दी और बदले में लक्ष्मी प्राप्त कर ली। सहायक को अमरावती के इंद्र की तरह महसूस हुआ : उसके काम ने उसे उसके वेतन से अधिक दे दिया था; उसने उसे वह सम्मान दिया था, जो उसे घर में या फिर अपने वरिष्ठों से नहीं मिलता था।

कोई दूसरा हमारी अज्ञानता को उजागर करता है

कर्ण की माँ राजकुमारी कुंती ने बचपन में उन्हें त्याग दिया था। उनका पालन-पोषण एक सारथी के परिवार में हुआ, लेकिन उन्होंने धनुर्विद्या सीखी और अपनी योग्यता के बल पर महान योद्धा बने। सभी राजा व योद्धा उनकी निम्न जाति के कारण उन पर ताने कसते थे। लेकिन सबसे बड़े कौरव भाई दुर्योधन ने उन्हें युद्धक्षेत्र में अपनी सेना का सेनापति बनाया और मद्र प्रदेश के राजा शल्य को कर्ण का सारथी बनने पर विवश किया। "तुम्हें जीवन भर सूत-पुत्र कहकर पुकारा गया, अब तुम अपने हाथ में धनुष लिए युद्धभूमि में जाओगे और एक राजा तुम्हारा सारथी होगा," दुर्योधन कर्ण से कहते हैं।

अपने पीड़ित होने के भाव के भुलावे में अंधे होकर कर्ण कौरव की उदारता से भाव-विभोर हो जाते हैं और अपने इस निर्णय की अज्ञानता को नहीं समझ पाते। शल्य पांडवों के मामा हैं, जिन्हें दुर्योधन छल से कौरवों के पक्ष में कर लेते हैं। औपचारिक तौर पर जहाँ शल्य, दुर्योधन की सेवा करने को बाध्य हैं, वहीं अपनी अंतरात्मा से वे अपने शत्रुओं के पक्षधर होते हैं। जैसे-जैसे वे रणभूमि में प्रवेश करते हैं, वैसे-वैसे शल्य, अर्जुन की सराहना करते हैं और कर्ण को हतोत्साहित करते हैं।

बाद में रथ का पहिया ज़मीन में धँस जाने पर शल्य कहते हैं, "मैं कोई सारथी नहीं हूँ। मैं राजा हूँ। मैं नहीं जानता कि भूमि में धँसे पहिए को कैसे निकाला जाता है। तुम्हारे जैसे सारथी ही जानते हैं कि क्या करना है।" इस प्रकार कर्ण को अपना धनुष छोड़कर धँसे हुए पहिए को निकालने के लिए रथ से उतरना पड़ता है। ऐसे में कर्ण संवेदनशील स्थिति में निहत्थे होते हैं और कृष्ण, अर्जुन को अवसर का लाभ उठाने का संकेत देकर कर्ण को मारने को कहते हैं। जब अर्जुन का तीर कर्ण के हृदय के आर-पार होता है, तो कर्ण वह देखते हैं, जो हमेशा से उनके सामने था, लेकिन उन्होंने वास्तव में उसे कभी नहीं देखा : कृष्ण को!

राजसी परिवार में जन्मे कृष्ण को ग्वालों द्वारा पालन-पोषण किए जाने का ताना दिया जाता था, वे सारथी जैसा 'नीच' माने जाने वाला काम करने में भी सहज थे। सामाजिक दर्जे ने उनके मानसिक शरीर को कोई नुक़सान नहीं पहुँचाया था। कर्ण ने अंततः यह जान लिया कि जीवन में वास्तव में नारायण का महत्त्व है, ना कि नारायणी (कृष्ण की सेना) का, कोई व्यक्ति क्या है, ना कि उस व्यक्ति के पास क्या है।

हमारी कल्पना हमें बाँधती है और हमारी दृष्टि को धुँधला करती है। हम ब्रह्मांड में फँस जाते हैं और यह नहीं देखते कि हमारी दृष्टि कितनी सीमित है। वह हमें हमारी नज़रों में नायक बनाती है, लेकिन अन्य लोगों की दृष्टि में हम खलनायक होते हैं। कर्ण पीड़ित व नायक के रूप में प्रतिष्ठित हो सकते हैं। फिर भी कृष्ण उन्हें मरवा देते हैं। ऐसा इसलिए नहीं होता कि वे खलनायक हैं, बल्कि इसलिए होता है कि उनकी आँखें खोलने व उनकी दृष्टि का विस्तार करने के लिए हार ही अंतिम रास्ता होती है। यह विचारों का उद्धार है।

जब मार्क भारत आए तो उन्होंने गौर किया कि उनके अधिकतर दोस्तों के यहाँ नौकर थे : घर की सफ़ाई के लिए, खाना पकाने वाला, ड्राइवर और यहाँ तक कि बच्चों को स्कूल लेकर जाने वाला भी। "यह बहुत सामंती व्यवस्था है," उन्होंने टिप्पणी की। श्रीधर ने इस टिप्पणी को सहजता से नहीं लिया। "जब आप लोग भारत को वह काम आउटसोर्स करते हैं, जिसे आप नहीं करना चाहते, तो क्या वह सामंतवाद नहीं है? क्या हम विकसित दुनिया के सफ़ाईकर्मी नहीं हैं? ऐसा क्यों है कि नौकर रखना तो बुरा है, लेकिन सेवा उद्योग को बढ़ावा देना अच्छी बात है? जब मैं किसी इंसान को नौकर रखता हूँ, तो मैं अपने देश में रोज़गार तैयार करता हूँ। लेकिन जब आप आउटसोर्स करते हैं, तो आप अपने देश में बेरोज़गारी तैयार कर रहे होते हैं।" इस रक्षात्मक रवैये पर मार्क बस मुस्कराकर रह गए, लेकिन बाद में उन्होंने सोचा कि श्रीधर की कही बात में कोई सच्चाई थी या नहीं।

विस्तार

जब हम किसी पर निर्भर होने से विश्वसनीय होने तक की यात्रा करते हैं, तो विकास होता है। यह तब होता है, जब हम इस बात के बजाए कि हमारे पास क्या है, इस बात पर ध्यान केंद्रित करते हैं कि हम कौन हैं : हम दूसरों को अपने साथ कितना शामिल करते हैं, चाहे दूसरा हमें शामिल ना भी करे।

मानस का विस्तार होने पर वृद्धि होती है

इंसानों को मानव इसलिए कहा जाता है, क्योंकि उनमें मानस होता है, एक ऐसा मस्तिष्क जो कल्पना करता है, अतः विस्तार करता है। विस्तार नहीं करने वाले सीमित मस्तिष्क की पहचान ब्रह्म के रूप में होती है। बहुत हद तक विस्तृत असीमित मस्तिष्क को ब्रह्मन् के रूप में पहचाना जाता है। ब्रह्म की ब्रह्मन् तक की यात्रा के दौरान मस्तिष्क चार रंग या वर्ण प्राप्त करता है :

- **शूद्र वर्ण :** बिना शर्त के अनुयायी की आज्ञाकारी दृष्टि, जो अपने स्वामी से प्रेम करने वाले किसी कुत्ते की तरह है, वह अपने स्वामी को खुश करना चाहता है। उस पर ध्यान दिए जाने पर वह अपनी पूँछ हिलाता है और अनेदखा किए जाने पर कराहता है। शूद्र वर्ण को हमेशा बेचैन रहने वाले हिरन से भी जोड़ा जाता है, जो झुंड की तलाश में रहता है। यह तमस गुण है, क्योंकि यह विचार के अभाव और अनुकरण को प्राथमिकता दिए जाने की ओर संकेत करता है। यह नवजात शिशु का वर्ण है। हर कोई इसी वर्ण में जन्म लेता है।
- **वैश्य वर्ण :** व्यापारी की सशर्त अनुसरण करने की चौकस दृष्टि, जो उस हाथी की तरह है, जो झुंड की सबसे बूढ़ी मादा का अनुसरण करता है, क्योंकि वह मादा सबसे अधिक सूखे की मार झेल चुकी होती है और इसलिए उसे बाक़ी हाथियों की तुलना में पानी के अधिक स्रोतों की जानकारी होती है। यह रजस गुण है, क्योंकि व्यापारी केवल अपने बारे में सोचता है।
- **क्षत्रिय वर्ण :** योद्धा की सशर्त नेतृत्व की हावी होने वाली दृष्टि, शेर की तरह जो अपने झुंड का नेतृत्व करता है, ताकि शेरनी शिकार कर सके और उसके बच्चों को जन्म दे सके। यह रजस गुण है, क्योंकि योद्धा केवल अपने बारे में सोचता है।

- **ब्राह्मण वर्ण :** बिना शर्त नेतृत्व की किसी ऋषि की दृष्टि, किसी गाय की तरह जो अपने बछड़े के लिए आवश्यक दूध को उदारता से ग्वाले को दे देती है। वह भरोसेमंद होती है कि ग्वाला उस पर हमेशा निर्भर रह सके, लेकिन वह स्वतंत्र भी है, जहाँ एक ओर ग्वाले को उसकी ज़रूरत होती है, वहीं गाय को ग्वाले की आवश्यकता नहीं होती। यह सत्व गुण है, क्योंकि ऋषि स्वयं को केवल एक बड़े विस्तृत पारितंत्र के एक हिस्से के रूप में देखता है और अन्य लोगों को भी ऐसा करने को प्रोत्साहित करता है।

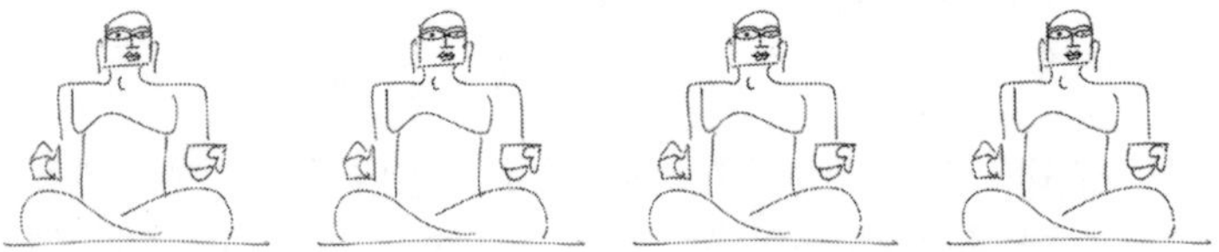

कुत्ते की तरह मैं बिना शर्त अनुसरण करता हूँ, क्योंकि मैं निष्ठावान हूँ।

हिरन की तरह मैं झुंड में सुरक्षित महसूस करता हूँ।

हाथी की तरह मैं माता का अनुसरण करता हूँ, क्योंकि वे मेरे लिए पानी की खोज करेंगी।

शेर की तरह मैं झुंड का नेतृत्व करता हूँ, क्योंकि वे मेरे लिए शिकार कर सकते हैं।

गाय की तरह मैं बिना किसी विरोध के ग्वाले को अपना दूध देता हूँ और धीरज के साथ इंतज़ार करता हूँ कि ग्वाला भी उदार हो जाए।

भैरव के रूप में शिव को कुत्ते को शरण देते हुए दिखाया गया है। पशुपति के रूप में उन्हें अपनी हथेलियों में एक हिरनी को दिलासा देते हुए दिखाया गया है। उन्हें हाथी व शेर की खाल लपेटे हुए भी दिखाया जाता है, जिसे उन्होंने स्वयं उनके शरीर से उतारा है। विष्णु गोपाल हैं, जो गाय से जुड़े हैं।

यजमान को शिव के रूप में बनने को प्रोत्साहित किया जाता है, उन लोगों को शरण देने को कहा जाता है, जो इतने भयभीत हों कि अपने लिए विचार तक नहीं कर सकते हों। उसे विष्णु की तरह भी होना चाहिए, जो उन लोगों को प्रोत्साहित करे, जो इतने डरे हुए हैं कि अपनी दृष्टि को

विकसित कर अन्य लोगों के बारे में नहीं सोच सकते, अधिक विश्वसनीय नहीं बन सकते। यह वृद्धि है।

हर महीने वाधवा विभिन्न कोचिंग क्लासेज़ के प्रमुखों को बुलाकर यह जाँचते थे कि कितनी फ़ीस जमा हुई थी। लेकिन दस साल बाद वाधवा अब सिर्फ़ यह देखते हैं कि उनके कितने विद्यार्थी डिस्टिंक्शन के साथ पास हुए हैं। पुराने तरीक़े का मतलब था कि उनकी कम्पनी का सबसे महत्त्वपूर्ण विभाग सेल्स विभाग था, कोचिंग व क्वॉलिटी नियंत्रण विभाग का कोई महत्त्व नहीं था। नए तरीक़े के अनुसार विद्यार्थियों का परिणाम इस बात का संकेतक था कि इंस्टीट्यूट कितना अच्छा था। इसके लिए कोच व क्वॉलिटी नियंत्रण का उच्च श्रेणी होना आवश्यक था और इस कारण सीटों को बेचना ज़्यादा आसान हो गया था। यह परिवर्तन इसलिए संभव हुआ, क्योंकि वाधवा ने अपनी दृष्टि नारायणी (विद्यार्थियों के धन के हिस्से) से हटाकर नारायण (विद्यार्थियों के विकास) पर की। जब उनके लिए वास्तव में विद्यार्थी महत्त्वपूर्ण होने लगे, तो उन्होंने पहले से ज़्यादा पैसा कमाना शुरू कर दिया, लेकिन अब उनके लिए यह बात अहमियत नहीं रखती थी। अब लक्ष्मी उनका लक्ष्य नहीं रह गई थी; वह बस एक संकेतक थी। इस प्रकार वाधवा वैश्य वर्ण से ब्राह्मण वर्ण की ओर चले गए। उनका नेतृत्व अब भी सशर्त है, लेकिन वे सही दिशा की ओर बढ़ रहे हैं।

वृद्धि विचारों की खोज है, ना कि वस्तुओं की

हिंदू पौराणिक कथाओं में ईश्वर का अर्थ है, जो हम बन सकते हैं यानी मानव क्षमता के शिखर तक पहुँच सकते हैं। ईश्वर की कल्पना या शिव के रूप में की जाती है, जो सबकुछ छोड़ सकते हैं और इसलिए परम तपस्वी हैं; या विष्णु के रूप में, जो जीवन की सभी स्थितियों में सौम्य मुस्कराहट के साथ शामिल हो सकते हैं और इसलिए परम गृहस्थ हैं। ईश्वर का भक्त होने का अर्थ है उनकी तरह बनने की कोशिश करना, अन्य शब्दों में हमारे भीतर मौजूद मानव क्षमता को जगाना।

लेकिन शिव के भक्त, राक्षसराज रावण, शिव जैसा बनने के बजाए शिव पर क़ाबू करना चाहते हैं। वे कैलाश पर्वत को अपने द्वीप श्रीलंका ले जाने का प्रयास करते हैं और उसके भार के नीचे दब जाते हैं। जब उन्हें पर्वत नीचे से निकाला जाता है, वे शर्मिंदा होकर शिव की श्रेष्ठता को स्वीकार करके घर लौटते हैं, वे यह नहीं समझ पाते कि तपस्वी श्रेष्ठतर नहीं होना चाहता। हो सकता है कि रावण शिव के भक्त हों, लेकिन वे दुनिया को शिव की तरह नहीं देखना चाहते। वास्तव में वे यह मान लेते हैं कि शिव भी उनकी तरह अनुक्रम को महत्त्व देते हैं।

इसके ठीक विपरीत, जब सीता हनुमान को मोती देती हैं, तो हनुमान हर मोती को तोड़ कर देखते हैं कि उनके भीतर राम मौजूद हैं या नहीं। यह देखकर हर कोई हँसता है और टिप्पणी करता है : सिंहासन पर बैठने वाले राम किसी मोती के भीतर कैसे हो सकते हैं? “जैसे वे मेरे हृदय में हो सकते हैं,” हनुमान कहते हैं और अपनी छाती खोलकर उसमें मौजूद राम को दिखाते हैं। हनुमान को इस बात की परवाह नहीं है कि राम के पास क्या है और वे उन्हें क्या दे सकते हैं; वे अपने भीतर मौजूद राम को जगाने की इच्छा रखते हैं।

हनुमान अपनी क्षमता को साकार करना चाहते हैं, अपने संसाधनों को नहीं बढ़ाना चाहते। दूसरी ओर, रावण इस बात पर विश्वास नहीं रखते कि ऐसी कोई क्षमता है, जिसे साकार किए जाने की आवश्यकता है; वे सम्पूर्ण हैं और उन्हें आवश्यकता है तो केवल अधिक संसाधनों की।

हनुमान अपने गुरु सूर्यदेव के प्रति कृतज्ञता स्वरूप उनके पुत्र सुग्रीव की सेवा से शुरुआत करते हैं। फिर वे बिना किसी अपेक्षा या बाध्यता के राम की सेवा में लग जाते हैं। वे वैश्य वर्ण (सुग्रीव के सशर्त अनुयायी) से ब्राह्मण वर्ण (राम जैसे बिना शर्त के नेता) की ओर जाते हैं। दूसरी ओर रावण क्षत्रिय वर्ण (लंका के सशर्त प्रमुख) से नीचे वैश्य वर्ण (शिव के सशर्त अनुयायी) में पहुँच जाते हैं।

यह गौर करना ज़रूरी है कि रावण को अक्सर ब्राह्मण कहा जाता है, जिसका अर्थ है कि वे ब्राह्मण जाति से थे। वे पंडितों के परिवार से थे, लेकिन उन्होंने राजा बनने का चुनाव किया। इसका यह अर्थ नहीं है कि वे ब्राह्मण वर्ण के हैं। कार्यस्थल पर हम अक्सर शैक्षिक योग्यता व अच्छे संस्थानों की पृष्ठभूमि को, जो कि जाति है, ग़लती से प्रवृत्ति व क्षमता समझ लेते हैं, जो कि वास्तव में वर्ण होता है। हो सकता है कि हम अपनी जाति नहीं बदल पाएँ, लेकिन हम अपने वर्ण को तो बदल सकते हैं।

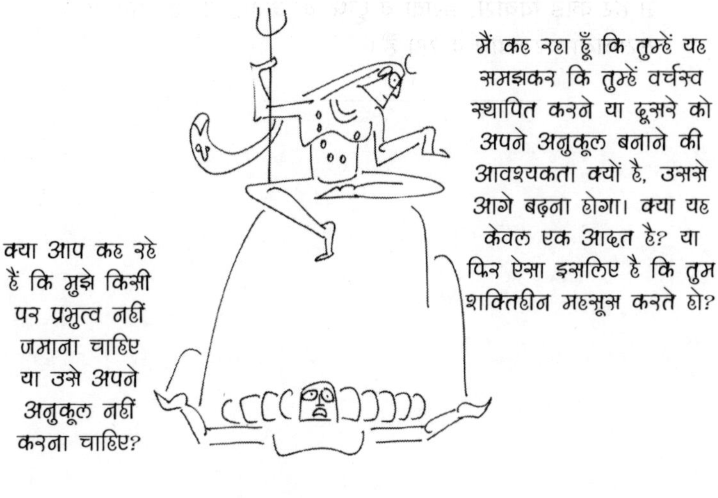

जब यह प्रश्न पूछा गया कि क्यों बहुत सी सार्वजनिक परियोजनाएँ नाकाम हो जाती हैं, तो एक सेवानिवृत्त प्रशासनिक अधिकारी ने जवाब दिया, "दो टेंडर्स आते हैं, तो अधिकारी हमेशा कम लागत वाले को आगे भेज देता है। क्यों ? क्योंकि ऐसा करने पर उसके वरिष्ठ अधिकारी उससे ज़्यादा सवाल नहीं पूछेंगे। वह जानता है कि परियोजना के बीच में कहीं न कहीं क़ीमतों को बढ़ाया जाएगा और तब ठेकेदारों को बदलना नामुमकिन होगा। लेकिन वह चुप रहेगा। यदि वह बेहतर परिमाण के बजाए गुणवत्ता के आधार पर उम्मीदवार को चुनेगा, तो ऑडिट कमेटी उसकी खिंचाई करेगी और उसे बहुत से सवालों का जवाब देना पड़ेगा। खुद को परेशानी से बचाने के लिए वह सबसे कम लागत वाले टेंडर को स्वीकार कर लेता है और गुणवत्ता के आयाम को अनदेखा करता है।" यहाँ प्रशासनिक अधिकारी यह कहना चाह रहे हैं कि व्यवस्था सत्व गुण के बजाए रजस गुण (तब तक नेतृत्व या अनुसरण करो, जब तक वह तुम्हारे अनुकूल हो) या तमस गुण (बिना सोचे-विचारे अनुसरण) को बढ़ावा देती है। "स्वाभाविक है कि ऐसे में हालात बिगड़ जाएँगे।" व्यवस्था के सेवक हनुमान बनने के बजाए रावण बन रहे हैं, क्योंकि ऊपर व नीचे बैठे लोगों में से हर कोई विचारों, इरादों व दृष्टि के बजाए चीज़ों, साक्ष्यों व संसाधनों पर ध्यान दे रहा है।

ग्रहण करने के बजाए प्रदान करने को प्राथमिकता देना वृद्धि का सूचक है

कृष्ण की कथा में महिलाओं के वस्त्रहरण के दो प्रकरण हैं। एक का वर्णन भागवत पुराण में किया गया है, जिसमें कृष्ण तालाब में नहाती गोपियों के कपड़े चुरा लेते हैं। महिलाएँ परेशान होती हैं, लेकिन उनका अपमान नहीं होता। दूसरे का वर्णन महाभारत में किया गया है, जिसमें कौरव भरी राजसभा में पांडवों की रानी द्रौपदी का चीरहरण करते हैं। द्रौपदी अपमानित व प्रताड़ित होती हैं।

भागवत के वस्त्र हरण में कृष्ण क़ानून का उल्लंघन कर रहे हैं, लेकिन उनका उद्‌देश्य दुर्भावनापूर्ण या बुरा नहीं है और वे शरारत के भाव से भरे हैं। महाभारत के वस्त्रहरण में कौरव किसी क़ानून का उल्लंघन नहीं कर रहे हैं, लेकिन उनका इरादा बुरा है और उनमें क्रोध का भाव है।

कृष्ण चाहते हैं कि महिलाएँ अपने शरीर को बिना किसी सजावट के अपनी सबसे प्राकृतिक व सहज स्थिति को सराहें, जिसमें झुर्रियाँ व कमियाँ मौजूद हैं। कौरव, द्रौपदी को प्रताड़ित करना चाहते हैं, उनका तर्क है कि चूँकि द्रौपदी को दाँव में जीत लिया गया है, इसलिए वे दासी हैं और कौरवों को यह अधिकार है कि उनके साथ जो चाहे कर सकते हैं।

दोनों मामलों में कुछ न कुछ लिया गया है, लेकिन दोनों में भाव बिल्कुल अलग हैं। कृष्ण लेते हैं, क्योंकि वे अन्य को उस भय से आगे ले जाना चाहते हैं, जो उनमें झिझक पैदा करता है। कौरव लेते हैं, क्योंकि वे किसी में भय को डालना व उसे बढ़ाना चाहते थे। कृष्ण विश्वास पैदा करना चाहते हैं। कौरव प्रभुत्व स्थापित करना चाहते हैं। कृष्ण सरस्वती देते हैं, जबकि कौरव दुर्गा लेते हैं।

जो यजमान प्रभुत्व स्थापित करने व अपने अनुकूल करने की इच्छा रखता है, वह विष्णु बनने के मार्ग पर नहीं होता। वह केवल रणभूमि तैयार करता है, रंगभूमि नहीं, क्योंकि वह देवता को अपनी दुनिया में शामिल नहीं

करता। वह देवता को समझने के बजाए उनकी दुनिया को नियंत्रित करना चाहता है।

दुर्योधन, द्रौपदी पर वर्चस्व स्थापित करते हैं, क्योंकि उन्हें महसूस होता है कि द्रौपदी ने उन्हें चोट पहुँचाई है। वे उन्हें दंड देना चाहते हैं। दुर्योधन की नज़र में वे न्याय कर रहे हैं। वे इतने सक्षम हैं कि द्रौपदी द्वारा चोट पहुँचाए जाने के कारण को समझकर उनके प्रति अपने क्रोध से आगे बढ़ सकते हैं। यह कारण भय में जड़ जमाए हुए है; जब यह बात समझ में आती है, तो हर खलनायक के प्रति करुणा जगती है।

करुणा का विचार बौद्ध धर्म का मूलभूत चिंतन है। जब हम यह समझ जाते हैं कि जिन कामों को हम बुरा मानते हैं, उन्हें लोग भय के कारण करते हैं, तो हम उनकी भर्त्सना नहीं करते या फिर उनका संरक्षण नहीं करते, बल्कि अपने दिल में यह जानने की कोशिश करते कि हमारे भीतर ऐसा क्या है, जो उनमें हमारे प्रति भय जगाता है। जब हम यह पहचान लें कि शायद हम ही क्रूर अभिभावक हों या हमें क्रूर माना जाता है, तो हम दूसरे के साथ समानुभूति रखेंगे। बुद्ध के जीवन की गाथा में ऐसी कई घटनाएँ हैं, जिनमें उनका सामना क्रोधित लोगों से होता है : एक पागल हाथी से लेकर प्राणघाती क्रमिक हत्यारे अंगुलिमाल तक। वे बुद्ध के सामने शांत हो जाते हैं, क्योंकि वे उन्हें 'देखते' हैं और यह समझते हैं कि वे वैसा बर्ताव क्यों कर रहे हैं। उनके बर्ताव के लिए उनकी भर्त्सना नहीं की जाती; यह बात समझी जाती है कि उनकी प्रतिक्रिया उनके भय से उपजी है।

करुणा के लिए मानस के विस्तार की आवश्यकता होती है। इसकी कल्पना कमल के रूप में की जाती है, अतः बुद्ध को अक्सर कमल पकड़े हुए दिखाया जाता है, यह मुद्रा पद्मपाणि के नाम से जानी जाती है। कई बार प्रज्ञा का मूर्त रूप देवी तारा को भी कमल पकड़े हुए दिखाया जाता है।

सुनील हर बातचीत में अपना दबदबा चाहते हैं। वे अल्फ़ा के रूप में दिखना चाहते हैं। उन्हें अन्य लोगों से अधिक जानकारी होनी चाहिए। उन्हें बाक़ी लोगों से पहले बातों को पता होना चाहिए। अपने सामने लोगों को नकारकर वे लगातार दुर्गा की

तलाश में रहते हैं। जिस दिन वे लोगों की बात सुनने लगेंगे, लोगों को स्वयं को अभिव्यक्त करने देंगे, उनके दृष्टिकोण को समझने लगेंगे, दुर्गा को प्राप्त करने के बजाए उसे देने में सहज होने लगेंगे, उनकी वृद्धि हो चुकी होगी। वे विष्णु की तरह होंगे, वे सुरक्षा के स्रोत होंगे और अधिक लोग उनकी ओर आकर्षित होंगे।

जब अधिक लोग हम पर निर्भर करते हैं, तो वृद्धि होती है

रामायण में लक्ष्मण, राम के आज्ञाकारी व निष्ठावान छोटे भाई हैं, जो हर जगह अपने भाई का अनुसरण करते हैं, वही करते हैं, जो करने को कहा जाता है। एक दिन राम, लक्ष्मण से कहते हैं, "मुझे एकांत चाहिए, इसलिए मैं अपने कक्ष के द्वार बंद कर रहा हूँ। किसी को भी भीतर नहीं आने देना। जो भी अंदर आने का प्रयास करे, उसे मार देना।" लक्ष्मण ऐसा करने की शपथ लेते हैं।

जैसे ही दरवाज़ा बंद होता है, अपने क्रोधी स्वभाव के कारण विख्यात दुर्वासा ऋषि राम से मिलने की माँग करते हैं। लक्ष्मण उन्हें पूरी स्थिति बताने का प्रयास करते हैं। "मुझे इस बात से अंतर नहीं पड़ता," अधीर व क्रोधित दुर्वासा कहते हैं। "यदि अभी इसी क्षण मेरी भेंट अयोध्या के राजा से नहीं होती, तो मैं इस राज्य को सूखे व दुर्भाग्य का श्राप दे दूँगा।" उस क्षण लक्ष्मण सोचते हैं कि किस बात का महत्त्व अधिक है : भाई को दिए वचन का या फिर अयोध्या की सुरक्षा का? उन्हें क्या निर्णय लेना चाहिए? उन्हें कार्यकर्ता होना चाहिए कि यजमान?

लक्ष्मण इस निष्कर्ष पर पहुँचते हैं कि अयोध्या अधिक महत्त्वपूर्ण है और दरवाज़ा खोलकर दुर्वासा के आने की घोषणा करते हैं। लेकिन जब वे मुड़कर देखते हैं, तो उन्हें दुर्वासा कहीं नहीं दिखाई देते। राम कहते हैं, "मुझे प्रसन्नता है कि तुमने अंततः मेरी आज्ञा का पालन नहीं किया और निर्णय किया कि अयोध्या राम से अधिक महत्त्व रखती है।"

दुर्वासा के साथ हुई भेंट के कारण लक्ष्मण को यह आधारभूत प्रश्न पूछना पड़ा, "आप जो कुछ कर रहे हैं, वह किसके लिए कर रहे हैं?" लक्ष्मण यह समझ जाते हैं कि जीवन भर उनके यज्ञ के देवता केवल राम ही रहे। लेकिन अपने इस निर्णय के साथ उन्होंने पूरी अयोध्या को अपना देवता बना लिया। उनकी दृष्टि का विस्तार हो चुका है। तब तक केवल राम ही उन

पर निर्भर कर सकते थे। अब पूरी अयोध्या उन पर भरोसा कर सकती है।

लक्ष्मण समझ जाते हैं कि आज्ञाकारिता ना अच्छी है और ना ही बुरी। आज्ञा मानने के पीछे मौजूद कारण और व्यवहार के पीछे मौजूद मान्यता महत्त्वपूर्ण है। उसकी जड़ें भय में हैं या फिर बुद्धिमत्ता में? क्या वे अपनी रक्षा, अपना प्रचार और स्वयं को साकार करने को सुनिश्चित करने के लिए आज्ञा का पालन करते हैं या फिर उन्हें दूसरे की परवाह है? यज्ञ तभी वास्तव में सफल होता है, जब स्वाहा देवता व यजमान दोनों की सहायता करता है और निर्भरता से आगे बढ़ता है।

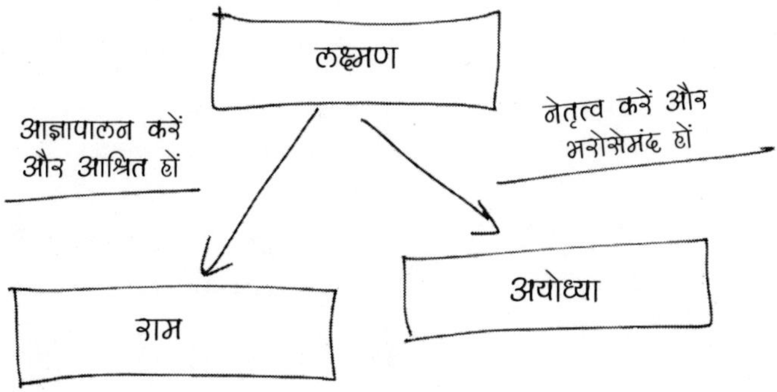

शैलेश जहाँ कहीं भी जाते हैं, अपनी टीम को साथ ले जाते हैं। हर कोई जानता है कि जब शैलेश किसी कम्पनी से इस्तीफ़ा देते हैं, तो छह व्यक्ति भी वहाँ से जाएँगे। इसे शैलेश अपनी बड़ी ताक़त मानते हैं। उनके पास एक पावर टीम है, जो किसी कम्पनी की तक़दीर को बदल सकती है। वे यह नहीं समझते कि यह उनकी कमज़ोरी भी है। वे नई प्रतिभा, नई योग्यताओं व नई क्षमताओं को नहीं देखते। उनकी टीम उनका कम्फ़र्ट ज़ोन यानी आरामदायक स्थिति है और वे यह मानकर चल रहे हैं कि उनकी टीम किसी भी स्थिति के लिए मज़बूत व चतुर रहेगी। क्या वे लोग नई स्थिति, नए बाज़ार, आर्थिक सच्चाइयों के बदलने, संसाधनों की कमी की स्थिति

में और क्लायंट्स द्वारा कुछ अलग की माँग करने की स्थिति में भी सफल रहेंगे? शैलेश तभी विकास कर सकते हैं, जब वे अपनी टीम का विस्तार करने की क्षमता रखें, नए लोगों को शामिल करें, लोगों को बाहर जाने दें, उन्हें स्वयं काम करने दें। वे अपनी टीम पर बहुत अधिक निर्भर कर रहे हैं और वे लोग भी उन पर बहुत आश्रित हैं। अब समय आ गया है कि वे अधिक स्वतंत्र हों और बाक़ी लोगों के लिए अधिक विश्वसनीय हों।

विकास होता है, जब महत्त्वहीन भी महत्त्वपूर्ण हो जाए

कुरुक्षेत्र के मैदान में अठारह दिन तक कौरवों व पांडवों के बीच युद्ध चला। दोनों पक्षों के सैनिक बड़ी संख्या में मारे गए। युद्ध के बीच कृष्ण, अर्जुन से कहते हैं, "हमें रुकना होगा। घोड़े थक गए हैं। उन्हें विश्राम व फिर से ऊर्जावान होने की आवश्यकता है। भूमि पर तीर मारकर कुछ पानी ले आओ, ताकि मैं नहा सकूँ व घोड़ों को पानी पिला सकूँ। जब तक मैं यह काम करूँ, तब तक अपने बाणों की वर्षा से शत्रु को दूर रखना।" अर्जुन दिए गए निर्देशों के अनुसार कार्य करते हैं। तरोताज़ा होकर घोड़े नई ऊर्जा से रथ खींचते हैं।

अर्जुन का रथ खींचने वाले घोड़ों ने तरोताज़ा होने की बात नहीं कही। कृष्ण ने उनकी थकावट को महसूस किया और संसाधन उपलब्ध करवाए, ताकि उन्हें आराम मिले। अक्सर हम उन 'घोड़ों' को भूल जाते हैं, जो हमारी रोज़मर्रा की ज़िंदगी में हमें रास्ता दिखाते हैं। यहाँ घोड़ों के माध्यम से उन लोगों की उपमा दी गई है, जो हमारी ज़िंदगी को आरामदेह बनाते हैं, लेकिन जब उनके आराम की बात होती है, तो उनकी अपनी कोई आवाज़ नहीं होती। हर दफ़्तर में, ख़ासकर भारत में, ऐसे बहुत से लोग होते हैं,

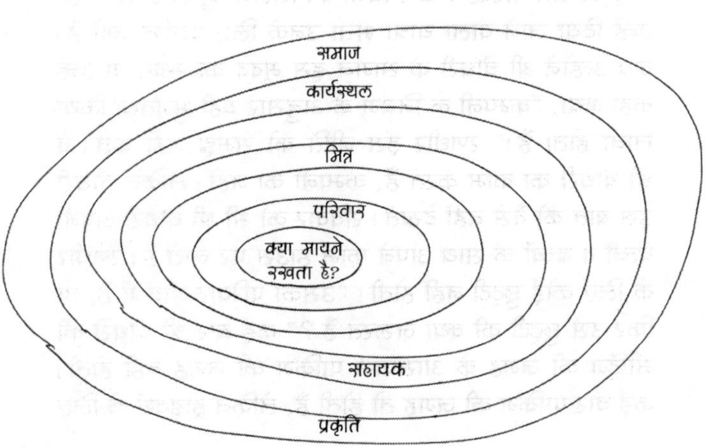

जिनकी वजह से दफ़्तर चलता है – अर्दली, कैंटीन में काम करने वाले, सुरक्षाकर्मी, चालक, चपरासी आदि। ये ख़ामोश रहने वाले मददगार कर्मचारी हैं। वे 'छोटी चीज़ों' का ध्यान रखते हैं, ताकि हम 'बड़ी चीज़ों' को हासिल करने के क़ाबिल हो सकें। संगठनों द्वारा अपने इन ख़ामोश कर्मचारियों के साथ किए गए बर्ताव का एक साधारण सा अध्ययन नेतृत्व की समानुभूति का एक संकेतक है।

रणधीर हर रोज़ अपने बॉस को भारी ट्रैफ़िक के बीच से दो घंटे लाने–ले जाने का काम करते हैं। उनके बॉस श्री चौधरी एक बड़ी कन्सल्टिंग फ़र्म में साझेदार हैं, जो पचास से ज़्यादा बड़े क्लायंट्स के लिए ज़िम्मेदार है। इसका मतलब है कि शहर में और उसके बाहर भी काफ़ी आना–जाना होता है यानी सुबह जल्दी व देर रात को हवाई अड्डे तक आवाजाही होती है। इसका मतलब यह भी है कि शहर में एक छोर से दूसरे छोर तक का सफ़र करना होता है और आसपास के शहरों तक की यात्रा भी करनी पड़ती है। रणधीर परेशान हैं। उनके बॉस नहीं जानते कि वे श्री चौधरी के शानदार अपार्टमेंट ब्लॉक से एक घंटे की दूरी पर मौजूद बस्ती में रहते हैं। काम पर आने के लिए उन्हें बस या ऑटो लेना पड़ता है। सुबह जल्दी या फिर देर रात परिवहन के साधनों का मिलना मुश्किल होता है। उन्हें दिया जाने वाला यात्रा भत्ता उनके लिए पर्याप्त नहीं है। जब उन्होंने श्री चौधरी के सामने इस मुद्दे को रखा, तो उन्हें कहा गया, "कम्पनी के नियम के अनुसार यही भुगतान किया जाना होता है।" रणधीर इस नीति को समझ नहीं पाते। वे श्री चौधरी का काम करते हैं, कम्पनी का नहीं। लेकिन चौधरी इस बात को वैसे नहीं देखते। रविवार को भी श्री चौधरी अपनी पत्नी व बच्चों के साथ अपने फ़ार्म हाउस पर जाते हैं। रणधीर के लिए कोई छुट्टी नहीं होती। "उसका परिवार गाँव में है, तो फिर उसे छुट्टी की क्या ज़रूरत है?" कई बार श्री चौधरी की मीटिंग की जगह के आसपास पार्किंग की जगह नहीं होती। कई बार पार्किंग की जगह तो होती है, लेकिन ड्राइवरों के लिए

कोई सुविधा नहीं होती – ना आराम करने की जगह और ना ही शौचालय वगैरह। “तुम कार में खाना नहीं खा सकते, मुझे वह गंध अच्छी नहीं लगती,” श्री चौधरी कहते हैं और वे कार से उतरते हुए म्यूज़िक सिस्टम को भी बंद कर देते हैं, ताकि उसकी बैटरी ख़त्म नहीं हो। जब श्री चौधरी को अपने दो करोड़ से अधिक के सीटीसी पर 40 प्रतिशत बोनस मिला, तो उन्होंने बड़ी उदारता से रणधीर के वेतन में 500 रुपये की बढ़ोतरी की। “मैंने सही किया है। यह बाक़ी लोगों के ड्राइवरों को मिलने वाले वेतन से अधिक है। मैं ड्राइवरों के भाव नहीं बढ़ाना चाहता।”

वृद्धि तब होती है, जब हम उन लोगों को भी शामिल करते हैं, जिन्हें हमने कभी बाहर रखा था

महाभारत में जुए के खेल के दौरान युधिष्ठिर अपने राज्य को हार जाते हैं और उसके बाद वे अपने भाइयों को दाँव पर लगा देते हैं। वे नकुल व सहदेव से शुरुआत करते हैं और फिर भीम व अर्जुन को दाँव पर लगाते हैं, फिर स्वयं को और अंततः पाँचों भाइयों की पत्नी द्रौपदी को।

बाद में वनवास के दौरान उनके भाई एक वर्जित सरोवर से पानी पीते हैं और फिर मर जाते हैं। उस सरोवर का संरक्षक एक सारस है, जो चार भाइयों में से एक को फिर से जीवित करने का प्रस्ताव रखता है। युधिष्ठिर, नकुल को जीवित करने के लिए कहते हैं। "शक्तिशाली भीम या फिर धनुर्धारी अर्जुन क्यों नहीं?" सारस पूछता है। इस पर युधिष्ठिर जवाब देते हैं, "क्योंकि नकुल मेरे पिता की दूसरी पत्नी माद्री के पुत्र हैं। यदि मेरे पिता की पहली पत्नी कुंती का पुत्र मैं जीवित हूँ, तो फिर माद्री के बेटे को भी जीवित रहना चाहिए। माता माद्री के मरने पर मेरी माँ कुंती ने उनके बच्चों का लालन-पालन करने का वचन दिया था। मैं अपनी माँ के वचन को निभा रहा हूँ।"

इस प्रकार, हम युधिष्ठिर में एक बड़ा परिवर्तन देखते हैं। सबसे पहले दाँव पर लगने वाला सौतेला भाई सबसे पहले जीवित किया जाने वाला भी है। जिसे पहले बाहर रखा गया था, जो त्यागने योग्य था, उसे ही अब शामिल किया गया है। जिस राजा ने सबसे कम योग्य व्यक्ति का बलि दी थी, अब उसने ही सबसे असहाय व्यक्ति की सहायता की है। इस प्रकार युधिष्ठिर की दृष्टि अपना ध्यान रखने से लेकर अब दूसरों का ध्यान रखने तक विस्तृत हो गई है। उनके मानस का विस्तार हो गया है और उनका वर्ण भी ऊपर उठ गया है। वे अधिक भरोसेमंद हो गए हैं। उनका विकास हुआ है।

एक पार्टी में करन की मुलाकात मंसूर से हुई, जिन्होंने कई साल पहले उन्हें अभद्र तरीक़े से नौकरी से निकाला था। करन ने स्वयं को बहुत दुविधा में पाया। क्या उन्हें मंसूर से बात करनी चाहिए और फिर से पुरानी यादों को दोहराना चाहिए? क्या उन्हें मंसूर से नज़र बचाने की कोशिश करनी चाहिए? अचानक मंसूर ने मुस्कराते हुए हाथ हिलाया और करन को अपने समूह में आने को कहा। "ये करन हैं," मंसूर ने कहा, "बहुत समय पहले हम लोग एक साथ काम करते थे।" उन्होंने नौकरी से निकाले जाने या बीते समय की अप्रिय स्थिति का कोई ज़िक्र नहीं किया। वे आगे बढ़ चुके थे और उन्होंने अपनी पुरानी हरकत को सही ठहराने या माफ़ी माँगने की कोशिश नहीं की। कभी बाहर निकाले गए करन को अचानक शामिल होने का अहसास हुआ। उन्हें अच्छा लगा।

जब हम लोगों को खलनायक के तौर पर देखना बंद कर देते हैं, तो वृद्धि होती है

महाभारत के अंतिम अध्याय में युधिष्ठिर अपने राज्य को त्याग देते हैं और राजमुकुट अपने पोते परीक्षित को सौंपकर वन के लिए निकल पड़ते हैं। उनकी पत्नी व भाई उनका अनुसरण करते हैं। पहाड़ों पर चढ़ते हुए वे एक-एक करके नीचे गहरे खड्ड में गिरने लगते हैं। युधिष्ठिर उनकी सहायता के लिए पीछे नहीं मुड़ते। वे कहते हैं, "क्योंकि मैं सबकुछ छोड़ चुका हूँ।"

जब उनके पास केवल एक कुत्ता रह जाता है और वे अकेले होते हैं, तो इंद्र उनके लिए अमरावती के द्वार खोल देते हैं और उन्हें अंदर आने देते हैं। "कुत्ते अशुभ होते हैं," इंद्र कहते हैं, "यह कुत्ता अंदर नहीं आ सकता।" युधिष्ठिर उस कुत्ते के बिना अमरावती के भीतर जाने से मना कर देते हैं, क्योंकि वह कुत्ता उनका असली साथी रहा है। इंद्र मान जाते हैं।

अमरावती के अंदर युधिष्ठिर को स्वर्ग का आनंद लेते कौरव दिखाई देते हैं। "यह कैसे हो सकता है?" क्रोधित होकर युधिष्ठिर पूछते हैं। "यदि युद्ध को उकसाने वाले इन दुर्जनों को यहाँ आने की अनुमति दी जा सकती है, तो मेरे भाइयों को भी वह अवश्य मिलनी चाहिए। वे कहाँ हैं?"

इस पर इंद्र कहते हैं, "आप यह माँग करते हैं कि बिना किसी शर्त के आपके अनुयायी को स्वर्ग में आने की अनुमति दी जाए, लेकिन आप उन लोगों के साथ बिना किसी शर्त के स्वर्ग में रहने को तैयार नहीं, जो अपने अपराधों का दंड भुगत चुके हैं। आप उन्हें कब क्षमा करेंगे, युधिष्ठिर? आप कब तक अपने क्रोध से जकड़े रहेंगे? क्या स्वर्ग तब तक आपका हो सकता है, जब तक कि आप बिना किसी शर्त के नेतृत्व नहीं करें?"

किसी को शामिल करने का अर्थ यह नहीं कि जो आपका अनुसरण करें, वे तो स्वर्ग में जाएँ, बल्कि यह भी है कि उन लोगों के लिए भी जगह बनाई जाए, तो आपको नकारते और आपका विरोध करते हैं। यह ब्राह्मण वर्ण है।

विमला खुद से बहुत ख़ुश हैं। कभी ऐसा समय भी था, जब उन्हें बेतरतीब लोगों से उन्हें बहुत चिढ़ होती थी। वे उन्हें सुधारने की कोशिश करती थीं। उनके द्वारा विरोध किए जाने पर उन्हें सज़ा देने की कोशिश करती थीं। पिछले कुछ वर्षों में वे ऑडिट डिपार्टमेंट के प्रमुख के पद तक पहुँचीं, तो उन्होंने यह बात महसूस की कि लोगों का काम करने का अपना अलग तरीक़ा होता है। यह भी कि ज़रूरी नहीं कि सब उनके जितने व्यवस्थित हों या हो सकता है कि वे अलग तरीक़े से काम करते हों। वे अब उन लोगों का मज़ाक़ नहीं उड़ातीं, जो उनसे अलग हैं। वे उन्हें शामिल करती हैं। उनका विकास हो गया है।

जब हम दूसरे को उठाने का प्रयास करते हैं, तो वृद्धि होती है

धर्म शब्द का अनुवाद अक्सर एथिक्स, मॉरैलिटी, राइटियसनेस व गुडनेस यानी नीतिशास्त्र, नैतिकता, सदाचार और अच्छाई के रूप में किया जाता है। अंग्रेज़ी के शब्दों की जड़ें वस्तुनिष्ठता के विचार में हैं। लेकिन धर्म एक वस्तुनिष्ठ अवधारणा नहीं है। यह एक व्यक्तिपरक अवधारणा है, जो कि दृष्टि पर आधारित है।

अपने वर्ण के अनुसार हम धर्म को अलग तरीक़े से देखेंगे। शूद्र के लिए, इसका मतलब अपने स्वामी की आज्ञा के अनुसार काम करना है। वैश्य के लिए इसका अर्थ वह करना है, जिसे वह सही समझता है। क्षत्रिय के लिए धर्म का अर्थ है वह कार्य करना जो उसके अनुसार सबके लिए सही है। ब्राह्मण के लिए इसका अर्थ यह समझना है कि हर कोई अपने तरीक़े से सही है, लेकिन दृष्टि का विस्तार करने से सभी लोग अधिक सही हो सकते हैं। हमारी दृष्टि के विस्तृत होने से हमारा वर्ण बदल जाता है और उसके साथ हमारा धर्म भी बदलता है।

अपनी क्षमता को साकार करना धर्म है। जहाँ अन्य प्राणी किसी और की क़ीमत पर (पौधे खनिजों का उपभोग करते हैं, पशु पौधों व अन्य पशुओं को खाते हैं) बढ़ते हैं, वहीं इंसान अन्य लोगों को आगे बढ़ाकर स्वयं बढ़ सकते हैं। यह त्याग नहीं है। यह निःस्वार्थता भी नहीं है। यह तो यजमान की वृद्धि को देवता की वृद्धि का परिणाम बनाना है। नंद उत्सव के दौरान किए गए अनुष्ठान में यह सबसे अच्छी तरह प्रदर्शित होता है।

हर वर्ष नंद उत्सव के दौरान मक्खन की हांडियों को बहुत ऊँचाई पर लटकाया जाता है और इंसान एक साथ पिरामिड बनाकर उन हांडियों तक पहुँचने की कोशिश करते हैं, जो यह याद दिलाता है कि किस प्रकार बचपन में कृष्ण गोकुल व वृंदावन की गोपियों द्वारा उनकी पहुँच से बहुत दूर रखे मक्खन को चुरा लेते थे। इस पूरे काम में सबसे महत्त्वपूर्ण चरण तब आता है, जब सबसे नीचे के स्तर पर बैठे हुए लोगों को खड़ा होना पड़ता है। उनके खड़े होने व उनके कंधों पर समूची इंसानी मीनार का संतुलन बनता

है और उसके बाद ही कृष्ण को मक्खन मिल पाता है। उनकी वृद्धि में ही कृष्ण की सफलता निहित है।

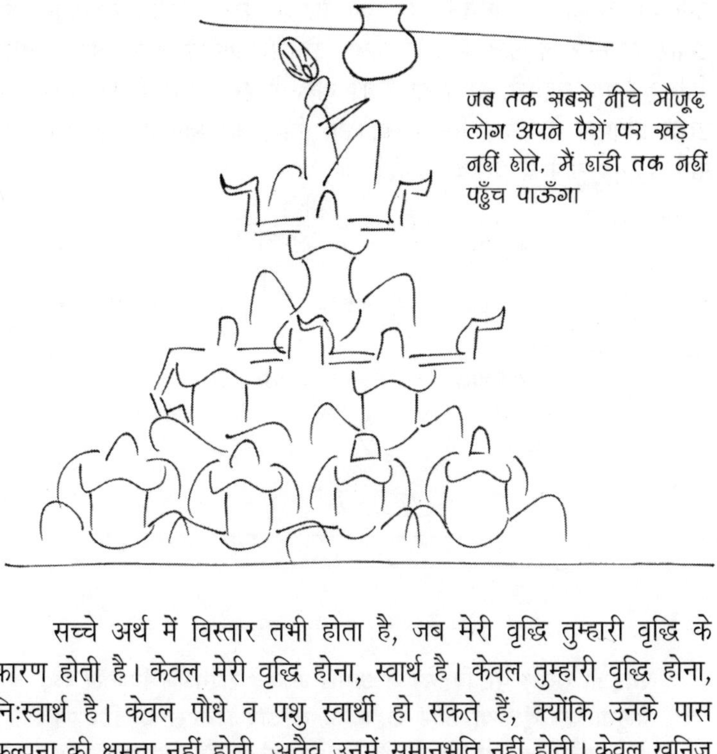

सच्चे अर्थ में विस्तार तभी होता है, जब मेरी वृद्धि तुम्हारी वृद्धि के कारण होती है। केवल मेरी वृद्धि होना, स्वार्थ है। केवल तुम्हारी वृद्धि होना, निःस्वार्थ है। केवल पौधे व पशु स्वार्थी हो सकते हैं, क्योंकि उनके पास कल्पना की क्षमता नहीं होती, अतैव उनमें समानुभूति नहीं होती। केवल खनिज व निर्जीव वस्तुएँ सही मायने में निःस्वार्थ हो सकती हैं।

सनातन में केवल दिगम्बर श्रमण यानी नग्न, ज्ञानी संत वास्तव में निःस्वार्थ हो सकते हैं। केवल वही हैं, जिन्हें कोई भय नहीं होता और जो भोजन, आश्रय या वस्त्र के बिना भी रह सकते हैं। यही कारण है कि साधु-संन्यासी सामाजिक व्यवस्थाओं के बजाए वन से जुड़े थे, वे कभी भी एक जगह पर रहते या बसते नहीं थे। शिव के आसपास केवल हिम से ढँके पर्वत हैं, जहाँ जीवन फल-फूल नहीं सकता। यह किसी व्यक्ति के लिए तो अच्छा है, लेकिन उनके लिए नहीं, जो उस पर आश्रित हैं।

समाज के लिए ना तो हमें स्वार्थपरता और ना ही निःस्वार्थता की आवश्यकता होती है। हमें पारितंत्र से संपर्क की ज़रूरत होती है। हमें आपसी लेन-देन व वृद्धि के तरीक़े की आवश्यकता होती है, जिसमें अधिक से अधिक लोग शामिल हों। यह चिंतन का उद्धार है, जो कार्य, बौद्धिक व भावनात्मक उद्धार की ओर ले जाता है और अंततः जिससे आर्थिक व राजनीतिक वृद्धि होती है। यहाँ मुद्दा है, अन्य लोगों की वृद्धि में इस प्रकार निवेश करना कि उसके प्रतिफल में हमारा विकास हो। यह विष्णु का मार्ग है, यह शंकर का मार्ग है, यह मार्ग बोधिसत्व का है।

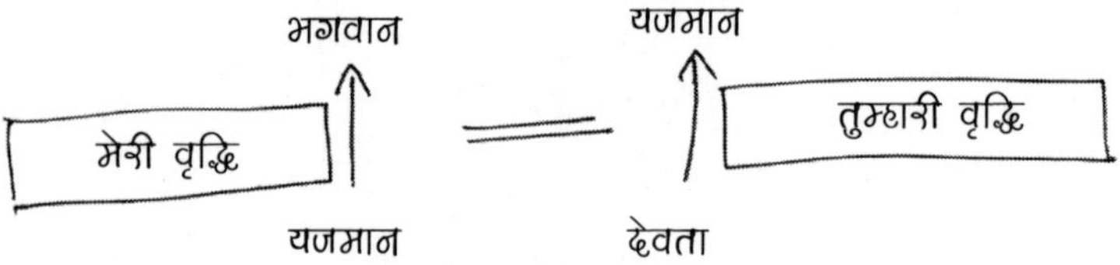

सीईओ बनने पर विक्रम ने अपने मानव संसाधन विभाग के प्रमुख को बुलाया और कहा कि वे अपने काम के विवरण में बदलाव करना चाहते थे। वे चाहते थे कि वित्तीय लक्ष्य एग्ज़ीक्यूटिव के प्राथमिक उद्देश्य हों। वे चाहते थे कि ग्राहकों की संतुष्टि व कर्मचारियों को शामिल रखना जूनियर मैनेजरों के प्राथमिक उद्देश्य हों। उनकी इच्छा थी कि सीनियर मैनेजरों का मूलभूत लक्ष्य टैलेंट मैनेजमेंट यानी प्रतिभा प्रबंधन हो। "जैसे-जैसे आप सीढ़ी पर चढ़ते हैं, आप एक ही बात पर एक ही तरीक़े से ध्यान नहीं दे सकते," विक्रम कहते हैं।

समावेश

सीखने के बजाए सिखाना अधिक सरल है। लोगों को उनकी स्थिति पर छोड़ने की तुलना में उन्हें निर्देश देना सरल है। विचारों पर ध्यान केंद्रित करने के बजाए चीज़ों पर ध्यान देना आसान है। अन्य लोगों को उनकी मस्तिष्कता का विस्तार करने के लिए कहने के बजाए अपने मस्तिष्क का विस्तार करना सरल है। ज्ञान का अर्थ है एक ऐसे पारितंत्र की रचना के लिए आस्था और धैर्य रखना, जिसमें मानस का कमल अपनी गति व अपनी शर्तों पर खिल सके।

संगठन की वृद्धि होने पर अधिक यजमानों की आवश्यकता होती है

प्रारम्भ में यज्ञ छोटा व साधारण होता है। जैसे-जैसे यज्ञ सत्र की ओर बढ़ता है, अधिक अग्नियाँ जलाई जाती हैं, विशिष्टीकरण का उदय होता है। मंत्रोच्चार करने और आहुति देने वाले अग्नि के समीप बैठते हैं। प्रांगण की सुरक्षा करने वाले थोड़ी दूरी पर खड़े होते हैं। लकड़ी लाने वाले, ईंटों को ढालने वाले, मटके पकाने वाले, कपड़ा बुनने वाले, गायों को पालने वाले, फ़सल उगाने वाले लोग कभी-कभार ही उस अहाते में आते हैं। अहाते की सफ़ाई करने वाले कभी नहीं दिखाई देते, क्योंकि वे सब लोगों के जाने के बाद ही वहाँ आते हैं।

समय बीतने के साथ अग्नि के सबसे निकट बैठने वालों पर सबका ध्यान जाता है और उन्हें सबसे अधिक महत्त्व मिलता है, क्योंकि कुछ दूरी पर मौजूद रहने वाले लोग बहुत कम दिखाई देते हैं, उन पर सबसे कम ध्यान दिया जाता है, उनका महत्त्व सबसे कम होता है। इसका कारण यह है कि अक्सर यज्ञ का आकार बढ़ने के साथ-साथ यजमान की दृष्टि नहीं बढ़ती। इससे जाति व्यवस्था का उदय होता है, जिसमें लोगों को उनके मापने योग्य योगदान के अनुसार दिए गए महत्त्व के आधार पर (जाति) वर्गीकृत किया जाता है। संस्कृति व प्रकृति में कोई अंतर नहीं रह जाता, जिसमें सर्वश्रेष्ठ की उत्तरजीविता का नियम लागू होता है - शक्तिशाली संसाधनों पर फलते-फूलते हैं और कम महत्त्वपूर्ण प्राणी नष्ट हो जाते हैं।

लेकिन मानव पशु नहीं हैं। जब सबसे ऊपर मौजूद ब्रह्मा गांधारी की तरह व्यवहार करते हैं, तब सबसे नीचे मौजूद लोग दुर्योधन, यहाँ तक कि रावण में रूपांतरित हो जाते हैं; शुरू में वे आज्ञाकारी होते हैं, लेकिन अंततः वे विद्रोही हो जाते हैं। जब पिरामिड में सबसे ऊपर मौजूद व्यक्ति देवों व यक्षों की तरह बर्ताव करते हैं, तो सबसे नीचे मौजूद प्राणी असुर व राक्षसों में बदल जाते हैं। टकराव बढ़ते हैं। समुद्र बढ़ने लगता है। प्रलय अवश्यम्भावी

हो जाती है। यह सब इसलिए होता है, क्योंकि ब्रह्मा हठी हो जाते हैं और कुछ भी देखना नहीं चाहते।

यही वजह है कि भारत में दिव्य दृष्टि बिखरी हुई है और विभिन्न देवताओं के माध्यम से फैली हुई है : व्यक्तियों की देखभाल करने वाले देवता (इष्ट देवता); परिवार को देखने वाले देवता (गृह देवता); गाँव की रक्षा करने वाले देवता (ग्राम देवता); नगर के रक्षक देवता (नगर देवता); वनों की रक्षा करने वाले देवता (वन देवता) और समुदायों के रक्षक देवता (कुल देवता)।

ये सभी सुदूरवर्ती भगवान की लघु प्रतिकृतियाँ नहीं हैं, बल्कि इन सभी देवताओं का अपना अलग व्यक्तित्व है, एक स्थानीय रंग है। ये देवता साझे भगवान की दृष्टि को विकसित व विस्तृत करने में सहायक होते हैं। विभिन्न भूमिकाओं, उत्तरदायित्वों व योगदानों के बावजूद इनमें से कोई भी कमतर या श्रेष्ठतर महसूस नहीं करता; हर कोई पूजनीय महसूस करता है।

इसी प्रकार किसी ऐसे संगठन को बनाने के लिए, जिसमें सभी महत्त्वपूर्ण महसूस करें, यह आवश्यक है कि केंद्रीय दृष्टि को बाहरी दायरे तक विस्तृत किया जाए। यह काफ़ी कुछ आपूर्ति श्रृंखलाओं के हब ऐंड स्पोक मॉडल जैसा हो, जिसमें निर्णय लेने की प्रक्रिया का विकेंद्रीकरण किया जाए, ताकि हर स्थानीय बाज़ार पर स्थानीय कार्यालय का ध्यान केंद्रित हो और उसके लिए उसे केंद्रीय कार्यालय की दृष्टि पर निर्भर नहीं करना पड़े। हालाँकि यह तभी काम कर सकता है, जब स्थानीय कार्यालय का प्रमुख अपने स्तर पर एक देवता की तरह हो, ना कि वह केंद्रीय कार्यालय के किसी देवता पर आश्रित हो।

हर देवता अपने काम का उत्तरदायित्व लेता है और वैश्विक आवश्यकताओं को ध्यान में रखते हुए स्थानीय स्तर पर काम करता है, वह आंतरिक संगठनात्मक प्रणाली के साथ-साथ बाज़ार की बाहरी परिस्थितियों के प्रति भी संवेदनशील होता है। यह यजमान का उत्तरदायित्व है कि वह अधिक से अधिक विष्णु तैयार करे, जो अपने अवतार लेना और अपने आसपास के लोगों का उद्धार करना जानता हो। ऐसा नहीं होने पर वह ब्रह्मा के ऐसे अधिक भयभीत पुत्रों को तैयार करेगा, जो केवल अपने लिए सोचते हों और यह भूल जाएँ कि यज्ञ एक विनिमय है।

जब संदीप का एक ही कार्यालय था और क्लायंट्स को देखने वाले तीस लोग थे, तो संदीप अपनी टीम के हर सदस्य को शामिल होने का अहसास कराते थे। अब पदोन्नति मिलने के बाद वे सुदूरवर्ती देवता हो गए हैं, कोई भी उनसे जुड़ नहीं पाता। लोग अब उन्हें केवल वार्षिक बैठक में ही देख पाते हैं, जिसमें वे सुनते नहीं हैं, केवल बोलते हैं। संदीप के मैनेजरों को लगता है कि वे मात्र उनके सेवक व संदेशवाहक हैं, जिनके पास स्थानीय मुद्दों पर कोई शक्ति या कोई राय नहीं है। सहज है कि कभी संदीप के आसपास ऊर्जा का जो संचार होता था, वह अब कॉर्पोरेट ऑफ़िस तक सिमट कर रह गया है। मंडलीय, क्षेत्रीय व स्थानीय दफ़्तरों में केवल प्रक्रिया, काम व लक्ष्य हैं, बहुत कम सक्रियता या उत्साह बचा है।

यजमान को देवता को यजमान में बदलना होता है

अगस्त्य मुनि ने तपस्या की और वे चाहते थे कि समाज से उनका कोई नाता नहीं रहे। लेकिन रात भर वे अपने उन पूर्वजों के सपनों से परेशान रहे, जिसमें वे उनसे संतान की याचना कर रहे थे। "जैसे हमने तुम्हें जीवन दिया, तुम्हें भी किसी को जीवन देना होगा।" यह पितृ ऋण है, अपने पूर्वजों के प्रति ऋण : व्यक्ति को तब तक मुक्ति प्राप्त नहीं होती, जब तक वह पृथ्वी पर अपने पीछे किसी जीवन को नहीं छोड़े।

इस प्रकार, यजमान को अपनी जगह पर किसी अन्य यजमान को तैयार करना होता है। इससे प्रतिभा निर्माण एक दायित्व बन जाता है। प्रतिभा प्रबंधन केवल ज्ञान व कौशल को आगे बढ़ाना नहीं है; यह अगली पीढ़ी के प्रबंधकों की दृष्टि का विस्तार करना है। यह ऊपर बैठे लोगों की ज़िम्मेदारी है कि वे अपने अधीनस्थ काम करने वालों की सहायता करें, ताकि वे भी दुनिया को उनकी तरह देख सकें। किसी नए प्रबंधक को बाज़ार में बिकने वाली देवी-देवताओं की कई मूर्तियों के समान माना जा सकता है : उनकी तब तक पूजा नहीं की जाती, जब तक कि प्राण-प्रतिष्ठा का अनुष्ठान सम्पन्न नहीं किया गया हो। इसमें चक्षु-दान यानी आँखें देना शामिल है,

इसमें चक्षु-दान यानी आँखें देना शामिल है, जिससे मूर्ति सचेतन व मानव परिस्थितियों को लेकर संवेदनशील होती है और इस प्रकार देवता बनती है। इस प्रकार यजमान देवता को आँखें देता है, उसकी वह देखने में सहायता करता है, जिसे वह स्वयं देख सकता है। यही प्रतिभा प्रबंधन का सार है।

यजमान आत्मरचित, आत्मप्रेरित, स्वयम्भू हो सकता है। या उसकी रचना किसी अन्य यजमान द्वारा की जा सकती है। दक्ष प्रतिभा के विकास को एक दायित्व की तरह देखते हैं और उसे एक प्रक्रिया, आनुष्ठानिक चरणों की शृंखला के रूप में बदल देते हैं। इंद्र प्रतिभा प्रबंधन को एक भार के रूप में देखते हैं; यहाँ तक कि वे प्रतिभा से ख़तरा महसूस करते हैं। विष्णु प्रतिभा प्रबंधन को अपनी सहायता करने के एक अवसर के रूप में देखते हैं : क्योंकि अन्य लोगों की वृद्धि में सहायता कर, हमारी भी वृद्धि होती है। किसी दूसरे व्यक्ति को विश्वसनीय बनाकर यजमान स्वयं को अपने वर्तमान उत्तरदायित्वों से मुक्त करता है, ताकि वह नई ज़िम्मेदारियाँ ले सके।

रघु एक बड़ी ऑडिटिंग कम्पनी में सलाहकार हैं। वे प्रबंधक हैं और उन्हें क्लायंट के साथ काम करने की ज़िम्मेदारी दी गई है। उन्हें एक प्रशिक्षण कार्यक्रम में शामिल होने को कहा गया है, जिससे वे अपनी नई भूमिका की चुनौतियों से निपटने के लिए तैयार हो सकें। रघु सात साल से एग्ज़ीक्यूटिव रहे हैं; वे वही काम करते हैं, जो उन्हें करने को कहा जाता है। अब उन्हें निर्देश दिया जा रहा है कि वे पहल करें और काम की ज़िम्मेदारी लें। ये शब्द अच्छे हैं, लेकिन यह कैसे होगा? और क्यों? इस पर कोई विचार-विमर्श नहीं होता। प्रशिक्षण कार्यक्रम ने कई कौशल सिखाए हैं कि किस प्रकार क्लायंट्स से जुड़ें, लेकिन दृष्टि में कोई परिवर्तन नहीं हुआ है। रघु को लगता है कि उनकी पहले की भूमिका और वर्तमान भूमिका में अंतर पैमाने का है : अब उन्हें वही काम ज़्यादा लोगों के माध्यम से अधिक क्लायंट्स के लिए करना है। यह तो निश्चित है कि वे दुनिया को उस तरह से नहीं देखते, जैसे कि कम्पनी की नींव रखने वाले साझेदार ने देखी थी। शायद वे कभी देख भी नहीं पाएँगे।

प्रतिभा तैयार करने से हमारा विकास होता है

वैदिक ग्रंथ जीवन को चार चरणों में बाँटते हैं : पहले चरण में हम विद्यार्थी होते हैं (ब्रह्मचारी); दूसरे में हम घरेलू जीवन में होते हैं (गृहस्थ); तीसरे में हम सेवानिवृत्त होते हैं (वानप्रस्थी) और चौथे में हम वन में चले जाते हैं और दुनिया का त्याग करते हैं (संन्यासी)। सेवानिवृत्त व्यक्ति दुनिया का त्याग करने से पहले विद्यार्थियों को शिक्षा देता है, क्योंकि गृहस्थ तो अपने परिवार के लिए आजीविका कमाने में बहुत व्यस्त होता है। इस प्रकार जहाँ गृहस्थ सम्पत्ति के सृजन में लगा रहता है, वहीं वानप्रस्थी व ब्रह्मचारी ज्ञान के प्रचार-प्रसार में लगे रहते हैं।

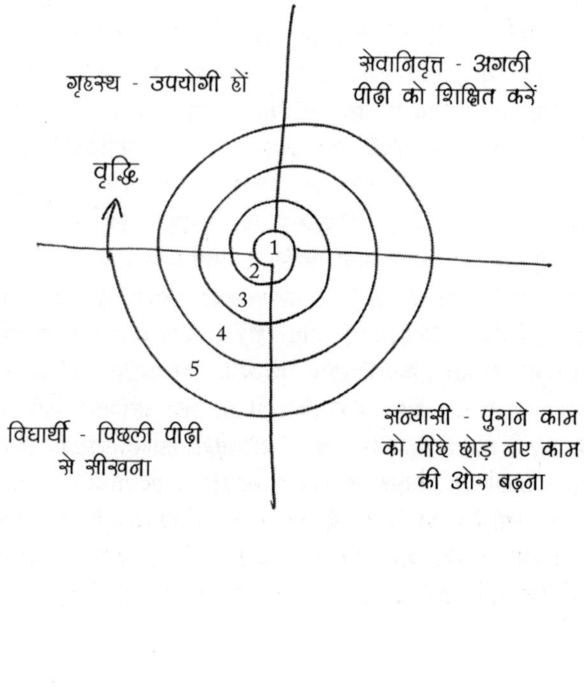

किसी निश्चित काम या भूमिका में लगे हमारे समय को एक पूरे जीवन की तरह देखा जा सकता है। नौकरी मिलने पर हमारा जन्म होता है और उसे छोड़ते हुए हमारी मृत्यु हो जाती है। हर काम में एक सीखने का और एक उत्पादन करने या उपयोगी होने का चरण होता है, अंततः आगे बढ़ने का समय आ जाता है। इन चरणों के बीच ऊब व हताशा होती है। नौकरी की एकरसता हम पर हावी होने लगती है। एग्ज़ीक्यूटिव को मैनेजर बनने की चाह होती है और मैनेजर चाहता है कि वह निदेशक बने।

यही सेवानिवृत्त होने का समय होता है। हम उसी संगठन या फिर किए दूसरी कम्पनी में नए अवसरों, अलग तरह के मौक़ों व ज़्यादा ज़िम्मेदारियों की तलाश में रहते हैं। हम अपनी वर्तमान नौकरी की मौत चाहते हैं और दूसरे काम में अपना पुनर्जन्म चाहते हैं। दूसरे शब्दों में, हम वृद्धि या विकास की इच्छा करते हैं।

लेकिन दूसरी नौकरी में विकसित होने के लिए हमें अपने से नीचे मौजूद किसी में से प्रतिभा को तैयार करना होता है, जो हमारी जगह ले सके और हम अपने से ऊपर मौजूद किसी के लिए उपलब्ध हो सकें, जो हमारे करियर के अगले चरण तक पहुँचने में हमारी मदद कर सके।

जब अखिलेश एक को-ऑपरेटिव बैंक के प्रमुख बने, तो उन्होंने एक नियम बनाया कि किसी भी व्यक्ति को तब तक पदोन्नति नहीं मिलेगी, जब तक कि वह एक साल तक भावी प्रतिभा को विकसित करने के लिए प्रशिक्षक का काम नहीं करे। वे इसका दोहरा कारण देते हैं : यह सुनिश्चित करना कि नई प्रतिभा का विकास हो और नवीनतम शैक्षिक सिद्धांतों के साथ ही अनुभवी एग्ज़ीक्यूटिव्स का व्यावहारिक ज्ञान भी समय के साथ आगे बढ़ना सुनिश्चित हो। उनका प्रशिक्षण विभाग प्राथमिक तौर पर प्रशासनिक व सहयोगी भूमिकाओं के लिए है, जिसमें पाठ्यक्रम की विषय-वस्तु व दिशा उन लोगों द्वारा निर्धारित की जाती है, जो बाज़ार के साथ जुड़े हैं। शुरू में लोगों ने इस परिवर्तन का प्रतिरोध किया, क्योंकि उनकी दृष्टि से प्रशिक्षण में जाने का मतलब किसी को हाशिये पर

रखने जैसा था। अब वे इसे अधिक बड़े व सशक्त उत्तरदायित्वों तक पहुँचने के रास्ते के रूप में देखते हैं। अगली पीढ़ी के लिए वानप्रस्थी बनकर वे पिछली पीढ़ी के ब्रह्मचारी बनने से स्वयं को मुक्त कर लेते हैं। अपने से नीचे मौजूद लोगों की वृद्धि में सहायता करके वे ऊपर की ओर दिशा में आगे बढ़ते हैं। अखिलेश की योजना इतनी सफल रही है कि बाक़ी बैंक भी अपने यहाँ वैसी ही प्रणाली शुरू करने में उनकी मदद माँग रहे हैं। यहाँ बात किसी प्रणाली को तैयार करने की नहीं है : बल्कि इन महत्त्वपूर्ण बातों पर ध्यान दिया जाना है।

हम विरासत में वस्तुएँ चाहते हैं, विचार नहीं

कुरुक्षेत्र के युद्ध के अंत में कौरवों को हराकर जैसे ही विजयी पांडव हस्तिनापुर का राजपाट सँभालने के लिए तैयार होते हैं, कृष्ण उन्हें सलाह देते हैं कि वे भीष्म पितामह से बात करें, जो युद्धभूमि में घायल पड़े होते हैं। उन्हें वरदान प्राप्त है कि वे अपनी इच्छा से अपनी मृत्यु का समय चुनें। "उनकी अंतिम साँस तक उनसे बात करो। उनसे प्रश्न करो। उनके पास बताने के लिए बहुत कुछ है और तुम्हारे पास सीखने के लिए बहुत कुछ है," कृष्ण कहते हैं।

निश्चित रूप से ऐसा ही होता है, पूछे जाने पर भीष्म इतिहास, भूगोल, राजनीति, अर्थशास्त्र, प्रबंधन, युद्ध, नीति, नैतिकता, काम, खगोल विद्या, तत्वमीमांसा व दर्शनशास्त्र जैसे विभिन्न विषयों पर घंटों चर्चा करते हैं। भीष्म के उपदेश का वर्णन महाभारत के शांति पर्व और अनुशासन पर्व में किया गया है और ये दोनों अध्याय महाभारत का एक-चौथाई हिस्सा हैं। अपने पितामह की बात सुनकर पांडवों में दुनिया की बेहतर समझ पैदा होती है और इससे वे बेहतर राजा बनते हैं।

भीष्म से ज्ञान लेने के लिए पांडवों को कृष्ण की प्रेरणा की आवश्यकता पड़ी। उन्हें सिंहासन पर बैठने व राजमुकुट पहनने के लिए यह प्रेरणा नहीं चाहिए। पौधों व पशुओं की तरह हम सहज रूप से लक्ष्मी की ओर खिंचते हैं, सरस्वती की ओर नहीं। हम अब भी इस बात के आदी नहीं हुए हैं कि इंसान होने का क्या मतलब है। अपनी मानवीय क्षमता का दोहन हमारी सबसे बड़ी प्राथमिकता नहीं है। हम इस बात को लेकर आश्वस्त हैं कि हम उसे पहले ही साकार कर चुके हैं। अतैव हमारा ध्यान उसे बढ़ाने की ओर जाता है, जो हमारे पास है, ना कि जो हम हैं।

ज्ञान सिंह सम्पत्ति व कारोबार पर अपने बच्चों के बीच होने वाले झगड़े को बहुत निराशा के साथ देखते हैं। कई साल तक वे कोशिश करते रहे कि उनके बच्चे उनके साथ काम करें। वे चाहते थे कि वे कारोबार के गुर सीखें, लेकिन वे तो बस कर्त्तव्य निभाने के लिए उनके साथ बैठे रहे। ज्ञान सिंह ने महसूस कर लिया था कि उनके बच्चों को नहीं लगता था कि उन्हें कुछ ज़्यादा सीखने की ज़रूरत थी। उनके पास बड़े कॉलेजों की डिग्रियाँ थीं, इसलिए उन्होंने मान लिया कि वे सब कुछ जानते थे। वे बस ज्ञान सिंह से ताक़त व नियंत्रण चाहते थे। वे उन्हें लक्ष्मी व दुर्गा के स्रोत के रूप में देखते हैं, ना कि सरस्वती के।

यजमान होना दृष्टि से जुड़ा है, ना कि कौशल से

जब विष्णु परशुराम के रूप में अवतरित होते हैं, तो उनके तीन विद्यार्थी होते हैं : भीष्म, द्रोण व कर्ण। जब वे कृष्ण के रूप में अवतार लेते हैं, तो वे कुरुक्षेत्र की रणभूमि पर उन तीनों को मरवा देते हैं, क्योंकि तीनों ने विद्यार्थी के रूप में उन्हें निराश किया था।

तीनों ने परशुराम से युद्धकला सीखी थी और महान योद्धा बने थे। विष्णु के सभी अवतारों का उद्देश्य धर्म की स्थापना करना है। धर्म का मतलब कौशल नहीं है : उसका सम्बन्ध दृष्टि से है। इनमें से किसी भी विद्यार्थी ने अपनी दृष्टि को विकसित नहीं किया; वह उनकी अपनी इच्छाओं, व्यग्रताओं व भय पर केंद्रित रही और इसी कारण वे कौरव सेना के सेनापति बने, जिससे विष्णु को बहुत निराशा हुई।

हर ब्रह्मा प्रकृति को समझने पर ध्यान लगाता है, ताकि वह बाहरी दुनिया को नियंत्रित कर सके। बहुत कम लोग पुरुष को समझने पर ध्यान देते हैं, ताकि वे अपनी आंतरिक दुनिया को विकसित कर सकें। उनके लिए शारदा उतना महत्त्व नहीं रखती, जितनी कि विद्यालक्ष्मी महत्त्वपूर्ण होती है।

हर ब्रह्मा इस बात को लेकर आश्वस्त होता है कि उसकी दृष्टि सम्पूर्ण है, इसलिए वह नियमों से अपने आसपास की दुनिया को अपने अनुकूल बनाने पर ध्यान देता है। लेकिन इंसानों के लिए धर्म का सम्बन्ध दृष्टि के विस्तार से है। जब दृष्टि विकसित होती है, तो अपने आसपास के लोगों पर वर्चस्व स्थापित करने या उन्हें अपने अनुकूल बनाने की व्यर्थता उजागर होती है।

एक सार्वजनिक क्षेत्र की कम्पनी के प्रशिक्षण विभाग के प्रमुख परमेश इस निष्कर्ष पर पहुँचे हैं कि अधिकतर लोग पदोन्नति को प्रभुता दिखाने व अपने आसपास के लोगों पर प्रभुत्व जमाने के अवसर के रूप में देखते हैं। धौंस जमाने को वे एक अतिरिक्त लाभ के रूप में देखते हैं। वे अपनी तरक़्क़ी को संगठन, बाज़ार और खुद को अलग तरीक़े से देखने के क़ाबिल बनाने के रूप में नहीं देखते। यह मान्यता उन्हें नई जानकारी व हुनर पाने या फिर अपने से वरिष्ठ लोगों की दृष्टि पर ध्यान देने से रोकती है। वे प्रशिक्षण को बस एक ऐसे तरीक़े के रूप में देखते हैं, जिसके द्वारा संगठन प्रतिभा को पालतू या अपने अनुकूल बनाता है। यही वजह है कि जहाँ एक ओर वे पदोन्नति पाने का प्रयास करते हैं, वहीं दूसरी ओर वे प्रशिक्षण कार्यक्रमों में आने का प्रतिरोध करते हैं; वे वह सब पहले से जानते हैं, जिसे उन्हें जानने की ज़रूरत होती है। जो वह नहीं जानते, उसके लिए वे उम्मीद करते हैं कि उनके मातहत लोग वह जानें।

प्रश्न हमें सिखाते हैं, उत्तर नहीं

विद्यार्थियों को पाँच पांडवों में वर्गीकृत किया जा सकता है : युधिष्ठिर, भीम, अर्जुन, नकुल और सहदेव।

- युधिष्ठिर, राजा होने के नाते वे बाक़ी लोगों द्वारा उत्तर जानने की अपेक्षा करते हैं।
- भीम, शक्तिशाली होने के नाते वे सोचने के बजाए कार्य करना पसंद करते हैं।
- अर्जुन, धनुर्धारी होने के नाते वे प्रश्नों को अपनी ओर चलाए गए तीरों के रूप में देखते हैं और जवाब में प्रश्न करके वे उन्हें वापस मोड़ देते हैं। उत्तर में उनकी कोई रुचि नहीं होती।
- नकुल, मनोहर व्यक्तित्व के स्वामी हैं और उनमें चिंतन की क्षमता नहीं है।
- सहदेव, बुद्धिमान हैं, जो कभी बोलते नहीं हैं, लेकिन हमेशा चिंतन व विश्लेषण में लगे रहते हैं। कोई प्रश्न पूछे जाने पर वे चिंतन की ओर प्रवृत्त होते हैं और बुद्धिमानी भरा उत्तर देते हैं। प्रश्न नहीं पूछे जाने की स्थिति में वे शांत रहते हैं।

जो शिक्षक अपने विद्यार्थियों में नारायण जगाना चाहते हैं, शिक्षण के नकुल के तरीक़े को अपनाते हैं : वे प्रश्न पूछते हैं और उत्तर नहीं देते। यह आवश्यक नहीं कि शिक्षक उत्तर जानता हो। प्रश्नों का लक्ष्य चिंतन को उकसाना, भावनात्मक उतार-चढ़ाव को तैयार करना और विद्यार्थियों को उत्तर खोजने के लिए प्रेरित करना है। उत्तर ही विद्यार्थी को लाभ पहुँचाएँगे, कोई अन्य चीज़ नहीं। यदि विद्यार्थी उत्तर खोजने से मना करता है, तो वह उसकी हानि है, शिक्षक की नहीं।

कथासरित्सगार में बेताल प्रश्न पूछकर विक्रमादित्य को अधिक बुद्धिमान बनाता है। जिस श्मशान में बेताल रहता है, वह प्रशिक्षण कक्ष है।

उसमें ज्ञान के लिए अतीत को परिष्कृत किया जाता है, जिसे भविष्य में लागू किया जा सकता है। यदि विक्रमादित्य को बेहतर ढंग से शासन चलाना है, तो उन्हें बेताल के पास आना पड़ेगा। उन्हें आना होगा और फिर लौटना होगा। यदि विक्रमादित्य श्मशान नहीं जाते या फिर किसी प्रश्न का उत्तर नहीं देते, तो वह उनका नुक़सान होगा, ना कि बेताल का, जो पहले ही मर चुका है। बेताल को विक्रमादित्य के राज्य में कभी नहीं जाना होगा, क्योंकि ऐसा होने पर वह जीवित लोगों की भूमि को भुतहा बना देगा।

जब लीडिया को शिक्षा व विकास विभाग का प्रमुख बनाया गया, तो उन्होंने कुछ बुनियादी नियम बनाए। प्रशिक्षकों को कहा गया कि वे भाग लेने वाले लोगों को प्रशिक्षण कक्षों में झुंड में नहीं लाएँ; उन्हें उनकी मर्ज़ी से आने व जाने की

आज़ादी दी जाए। सीखना उन लोगों की ज़िम्मेदारी थी, ना कि प्रशिक्षकों की। वे बच्चे नहीं थे कि उन्हें अनुशासित किया जाए। प्रशिक्षक बहुत कम निर्देश देते थे; केवल प्रश्न पूछे जाते थे और प्रशिक्षण में भाग लेने वाले लोगों को उत्तर देने व अपने उत्तर के पीछे मौजूद कारणों का विश्लेषण करने के लिए प्रोत्साहित किया जाता था। संगठन के ज्ञान का उपयोग कर केस स्टडीज़ तैयार की गईं। सेल्स, मार्केटिंग, प्रोडक्शन, लॉजिस्टिक्स व अकाउंट्स अफ़सरों की वीडियो फ़िल्में बनाई गईं और उनके सामने आने वाली सामान्य समस्याओं व उन मुद्दों के बारे में पूछा गया, जिन्हें सुलझाने की उनसे उम्मीद की जाती थी, ताकि हर कोई इन पर अपने विचारों को रख सके। यहाँ सिद्धांतों के बजाए व्यावहारिक कार्य पर और निष्क्रिय रूप से सुनने के बजाए सक्रियता से उत्तर देने पर ध्यान केंद्रित किया जाता था। लीडिया ने प्रवेशद्वार पर एक नोटिस लगाया था, जिसमें कहा गया था, “जब तक आप बोलेंगे नहीं, तब तक हम निश्चित रूप से नहीं कह सकते कि आपने कुछ सीखा है।”

हम परामर्श व निर्देशों का प्रतिरोध करते हैं

मत्स्य के राजा विराट जब अपनी गाएँ चुराने वाले त्रिगर्त के राजा का पीछा कर रहे होते हैं, तब तक कौरव सेना उनकी अनुपस्थिति का लाभ उठाकर उनके नगर पर हमला कर देती है। उस समय नगर की रक्षा करने के लिए महिलाओं व बच्चों के अलावा कोई और मौजूद नहीं होता। सब लोग भयभीत होते हैं। "चिंता नहीं करें, मैं आपकी सुरक्षा करूँगा," आत्मविश्वासी युवा राजकुमार उत्तर ने कहा।

राजकुमारियों को नृत्य की शिक्षा देने वाले नपुंसक बृहन्नला ने राजकुमार को चेतावनी दी कि कौरव बहुत शक्तिशाली हैं, उन्हें हल्के से नहीं लिया जा सकता और सम्भवतः अर्जुन के अलावा कोई भी योद्धा उन्हें नहीं हरा सकता था। उत्तर ने इस टिप्पणी को सहजता से लिया। उन्होंने बृहन्नला को डाँटा। "महल में अपनी स्थिति का ध्यान रखो," उत्तर गरजे। बृहन्नला ने तुरंत क्षमा याचना की। दुर्भाग्यवश उस समय नगर में कोई भी सारथी नहीं था। "अब मैं क्या करूँ? मैं बिना सारथी के कैसे युद्ध के लिए जा सकता हूँ?" उत्तर ने दबे स्वर में कहा। बृहन्नला ने अपनी सेवाएँ देने का प्रस्ताव किया और दावा किया कि उन्हें रथ चलाने का थोड़ा-बहुत अनुभव है। घमंडी राजकुमार को हालाँकि एक नपुंसक को अपना सारथी बनाने की बात अच्छी नहीं लगी, लेकिन फिर भी महल की महिलाओं द्वारा की जा रही जय-जयकार के बीच वे अपने धनुष को लेकर बृहन्नला के साथ कौरव सेना का सामना करने निकल पड़े। रणभूमि में प्रवेश करते ही सामने शत्रु को देखते ही राजकुमार डर के मारे काँपने लगे। उनके सामने घोड़ों, हाथियों व रथों पर सवार महान योद्धा, धनुर्धारी व तलवारबाज़ थे। घबराहट में उत्तर अपने रथ से कूद गए और वापस नगर की ओर दौड़ने लगे। यह देखकर कौरव अट्टहास करने लगे, जिससे घबराए हुए राजकुमार और भी अपमानित हुए।

सारथी ने फिर रथ को वापस घुमाकर राजकुमार का पीछा किया और उन्हें युद्धभूमि से बाहर एक वन में ले गए, जहाँ पर उन्होंने राजकुमार को बताया कि वे नपुंसक नहीं, बल्कि वेश बदले हुए महान धनुर्धर अर्जुन हैं। "मैं आपके पिता को आपकी कायरता के बारे में नहीं बताऊँगा, आप भी वचन दें कि आप किसी को नहीं बताएँगे कि मैं वास्तव में कौन हूँ," बृहन्नला ने कहा। विस्मय से भरे उत्तर इस पर सहमत हो गए।

बृहन्नला ने शत्रु को पीछे धकेल दिया और उत्तर का किसी नायक की तरह नगर में स्वागत हुआ। लेकिन राजकुमार अपनी प्रशंसा से अभिभूत नहीं हुए; वे अपने से जुड़े सत्य को जानते थे। वे आभारी थे कि अर्जुन ने उनके मान को रखते हुए युद्ध कौशल के यथार्थ को उनके सामने रखा था।

महाभारत के विराट पर्व से ली गई यह कहानी किसी का मार्गदर्शन करने से जुड़ी एक महत्त्वपूर्ण सीख देती है। अर्जुन, उत्तर को दिशा दिखाते हैं। उत्तर अपनी क्षमता की कल्पना करते हैं और अपने सारथी की वास्तविक पहचान को लेकर तब तक अँधेरे में होते हैं, जब तक कि उनका सामना स्वयं संकट से नहीं होता। अर्जुन इतने परिपक्व हैं कि वे युवा, नौसिखिए राजकुमार का अपमान नहीं करते, बल्कि उसकी वृद्धि पर ध्यान देते हैं। विद्यार्थियों को यह सुनना अच्छा नहीं लगता कि वे क्या कर सकते हैं और क्या नहीं कर सकते। यह तो उन्हें स्वयं खोजना होगा। संकट आमतौर पर इसमें मददगार साबित होते हैं।

जब दिलीप बिज़नेस स्कूल से एक व्यवसाय के विचार के साथ लौटे, तो उनके चाचा उन्हें वित्त उपलब्ध कराने पर राज़ी हो गए। "लेकिन यह काम नहीं करेगा," दिलीप के पिता महेश ने कहा। "मैं जानता हूँ," नरेश ने कहा, "वह युवा है, ज़िद्दी है और हमारी बात नहीं सुनेगा। यह उसे खुद पता लगाना होगा। हो सकता है कि हम ही ग़लत हों। यदि वह मेरे दिए पैसे से कामयाब रहता है, तो हम सबका फ़ायदा होगा। अगर वह नाकाम होता है, तो वह अनुभवी, अपनी ग़लतियों से सीखने वाला कारोबारी बनकर लौटेगा।"

उपदेश हमें कभी नहीं बदलते

कुरुक्षेत्र का युद्ध शुरू होने से ठीक पहले अर्जुन घबरा जाते हैं। अचानक उन्हें अपने सामने मौजूद स्थिति की भयावहता समझ आती है। वे सम्पत्ति के एक हिस्से के लिए अपने बंधु-बांधवों को मारने वाले हैं। उन्हें अपराधबोध होता है और वे शर्मिंदा होते हैं। वे अपने धनुष को भूमि पर फेंककर लड़ने से मना कर देते हैं। तभी कृष्ण एक गीत के रूप में जीवन के रहस्य को उनके सामने उद्घाटित करते हैं, जिसे भगवद्गीता के नाम से जाना जाता है। ज्ञान से प्रबुद्ध होकर अर्जुन अपना धनुष उठाते हैं और लड़ने के लिए तैयार हो जाते हैं। यही हमें बताया गया है।

युद्ध के दौरान अर्जुन कई बार हिम्मत हारते हैं। कृष्ण को उन्हें बार-बार कौरवों के पहले सेनापति भीष्म को मारने के लिए उकसाना पड़ता है। फिर वे अपने गुरु द्रोण को मारने से हिचकते हैं। अपने पुत्र अभिमन्यु की मृत्यु के बाद वे टूट जाते हें। उन्हें निहत्थे कर्ण को मारने में मुश्किल होती है, जबकि कृष्ण उन्हें ऐसा करने की सलाह देते हैं। वे कोई बुद्धिमान योद्धा नहीं है, संकट का सामना होने पर शायद ही वे कभी धैर्य का प्रदर्शन करते हैं।

हम यह मानना चाहते हैं कि प्रशिक्षण कार्यक्रम लोगों को हमेशा के लिए बदलकर रख देगा, लेकिन ऐसा होता नहीं है। प्रोफ़ेसर के साथ सहमत होने का यह मतलब नहीं है कि हमें विषय समझ में आ गया है। प्रोफ़ेसर जो कहते हैं, वह स्मृति है - बाहरी आवाज़, जिसे बोला जा सकता है, लेकिन यह ज़रूरी नहीं कि उसे सुना भी जाए। अंततः जो सुनी जाती है, वह होती है श्रुति - हमारी भीतरी आवाज़, जिसे सुना तो जा सकता है, लेकिन कभी कहा नहीं जा सकता।

हैदर ने कई लीडरशिप ट्रेनिंग वर्कशॉप में हिस्सा लिया है। हर कार्यशाला के बाद वे ऊर्जावान व प्रेरित महसूस करते हैं। लेकिन जब असल में लोगों का नेतृत्व करने की बात

आती है, तो वे बुरी तरह नाकाम रहते हैं। कोई उनकी बात नहीं सुनता। फिर एक दिन वे स्वयं से पूछते हैं, "लोग क्यों मेरी बात मानें ? मैं ऐसी क्या पेशकश कर रहा हूँ, जिससे मैं आकर्षक बनता हूँ ?" जैसे ही वे इस प्रश्न पर विचार करते हैं, उनकी अपने बारे में व अपने आसपास के लोगों के बारे में समझ बेहतर होती है। वे महसूस करते हैं कि वे लोगों को अपने साथ लेकर चलने के बजाए बॉस बनने में ज़्यादा दिलचस्पी लेते हैं। वे केवल अपने लक्ष्यों में रुचि लेते हैं और अन्य लोगों के लक्ष्यों के प्रति कोई दिलचस्पी नहीं दिखाते। जितना अधिक वे आत्मविश्लेषण करते हैं, उतना ही प्रशिक्षण के दौरान सीखी गई बातें उन्हें अधिक समझ में आने लगती हैं। स्मृति श्रुति बन जाती है। हैदर के सामने स्थिति बिल्कुल स्पष्ट हो जाती है।

संकट से सीखने के अवसर बढ़ जाते हैं

रामायण में राम के रूप में विष्णु राजा हैं, लेकिन कृष्ण के रूप में महाभारत में वे राजा बनाने वाले हैं। कृष्ण की सहायता से पांडव इंद्रप्रस्थ नगर का निर्माण करते हैं, लेकिन कृष्ण के जाते ही वे अपने राज्य को जुए में हार जाते हैं। इससे वे सीखते हैं कि राज्य होने से ही कोई राजा नहीं बन जाता। यजमान का निर्धारण इस बात से नहीं होता कि उसके पास क्या है या वह क्या करता है, बल्कि इससे होता है कि वह कौन है।

वनवास में पांडव अपने दर्जे, सम्पत्ति व शक्ति से वंचित हो जाते हैं और यह उनके सीखने का समय है। वे महसूस करते हैं कि वन में ना तो वे राजा हैं और ना राजकुमार, वे तो बस शिकारी या शिकार मात्र हैं। भावनात्मक हलचल उन्हें नए विचारों के प्रति ग्रहणशील बनाती है। अर्जुन को एक किरात (शिव) द्वंद्वयुद्ध में हरा देता है और यह सीख लेते हैं कि कौशल का सामाजिक दर्जे से कोई लेना-देना नहीं है। भीम एक बूढ़े वानर (हनुमान) की पूँछ नहीं उठा पाते और सबक़ लेते हैं कि अपने सामने आने वाले किसी भी प्राणी को कम नहीं समझना चाहिए। एक सारस (यम) प्रश्न पूछता है और युधिष्ठिर उनका जवाब देते हैं; उनके उत्तर व्यक्तिपरक हैं, विषयपरक नहीं, लेकिन वे युधिष्ठिर के उत्तर हैं और वे उनके साथ खड़े होते हैं। इससे वे सीख लेते हैं कि निर्णायक अग्रणी होने के कारण उन्हें निर्णय लेने होंगे, और संदेह से मुक्त होना होगा।

अपने वनवास के अंतिम वर्ष में कभी स्वयं राजा रहे पांडवों को एक अन्य राजा के महल में दास बनकर रहना पड़ता है। यह उनका अपमान नहीं है, बल्कि दर्शन है : वे देख रहे हैं कि पिरामिड के तल से दुनिया कैसी दिखती है।

वनवास की समाप्ति पर कृष्ण, कौरवों के पास शांति संदेश लेकर जाते हैं। यहाँ मुद्दा खलनायक को दंडित करना नहीं है, बल्कि उसमें मौजूद नारायण को जगाना है, ताकि वह सह-अस्तित्व व उदारता का मूल्य समझ सके। दुर्भाग्यवश, दुर्योधन 'सुई की नोक के बराबर भूमि' तक देने को सहमत नहीं होते। अपनी क्षेत्रीयता की रक्षा करने का बर्ताव दुर्योधन को पशु झुंड का नेता बनाता है, यजमान नहीं। दुर्योधन का व्यवहार पशु जैसा होने के

कारण उन्हें किसी भी तरीक़े से मारा जाना आवश्यक है। कृष्ण युद्ध की घोषणा करते हैं।

अंतिम सीख युद्ध के दौरान मिलती है। युद्ध का लक्ष्य क्या है : राज्य को फिर से पाना या अपनी दृष्टि का विस्तार करना? युद्ध के परिणाम भयावह हैं, जिनका सामना पांडवों को करना पड़ेगा। उन्हें अपने बड़ों (भीष्म), गुरु (द्रोणाचार्य), भाई (कर्ण) को मारना पड़ता है और अपने संतानों की मृत्यु का दुख झेलना पड़ता। वे यह सबक़ लेते हैं कि क्षेत्रीय होने की क्या क़ीमत चुकानी पड़ती है।

जंगल में पांडवों का वर्ण बदल जाता है। वे अब सशर्त अग्रणी नहीं रह जाते। वे बिना किसी शर्त के अग्रणी बनते हैं, जो अपने लाभ के लिए देवताओं पर प्रभुत्व नहीं जमाना चाहते या उन्हें अपने अनुकूल नहीं करना चाहते, बल्कि हर किसी के लाभ के लिए उद्धार करते हैं। युद्ध के दौरान वर्ण में हुई इस वृद्धि की कठोर परीक्षा होती है।

इंटरव्यू के दौरान अरविंद उम्मीदवारों से केवल उनकी नाकामियों के बारे में पूछते हैं। वे जानना चाहते हैं कि विपरीत परिस्थितियों में उनकी प्रतिक्रिया कैसी रही। क्या उन्हें लक्ष्मी व दुर्गा की हानि का अफ़सोस हुआ या भावी सफलता के लिए उन्होंने सरस्वती प्राप्त की? जहाँ तक अरविंद का सवाल है, सरस्वती का तथास्तु सबसे अधिक वनवास के दौरान उपलब्ध होता है, जब हमें लगता है कि हम व्यवस्था में असफल रहे हैं और हम स्वयं को सुनसान जंगल में बिना किसी दिशा या उद्देश्य के पाते हैं।

शक्ति संघर्ष में शिक्षा की प्रक्रिया की नींव पड़ती है

जब विष्णु वामन के रूप में बलि के पास जाते हैं और तीन पग भूमि की माँग करते हैं, तो तीसरे पग में वे विशालकाय बन जाते हैं। पहले दो क़दमों में वे बलि के पास जो कुछ मौजूद होता है, वे उससे ले लेते हैं। "अपना तीसरा क़दम रखने के लिए मैं अपना पैर कहाँ रखूँ?" वे पूछते हैं। बलि झुककर अपने सिर को आगे कर देते हैं। विष्णु उन्हें पाताल में धकेल देते हैं, एक ऐसा क्षेत्र जो असुरों का इलाक़ा होता है।

वामन, बौने से दीर्घकाय क्यों बन जाते हैं? क्या ऐसा वे बलि पर प्रभुत्व जमाने और उन्हें यह दिखाने के लिए करते हैं कि अल्फ़ा कौन है? क्या यह बलि को अपने अनुकूल बनाने और उन्हें ब्रह्मांडीय नियमों का पालन करने पर विवश करने के लिए किया गया? या फिर बलि की आँखें खोलने के लिए, ताकि वह समझ सके कि जीवन की समस्या का हल नारायणी (संसाधनों की उपलब्धता) नहीं है, जो तीन पग भूमि के रूप में एक प्रतीक है। बल्कि नारायण (मानव संभावना) में है, जिसका प्रतीक है वामन का दीर्घकाय बनना।

उत्तर बालि पर निर्भर करता है : वे वामन के प्रयोजन को समझकर भी कैसे उनके कार्यकलाप को ग्रहण करें। बलि द्वारा सिर झुकाना विष्णु के प्रति, नियमों के प्रति उनके समर्पण का संकेतक हो सकता है या फिर वह कृतज्ञता की सच्ची अभिव्यक्ति हो सकता है, जो कि उसके मस्तिष्क का विस्तार होने के बाद सम्भव हुई हो। यह केवल वही जानते हैं।

संदीप एक कामयाब व्यवसायी थे, जिनका आग्रह था कि उनका बेटा विकास कॉलेज की पढ़ाई पूरी करने तक सार्वजनिक परिवहन का इस्तेमाल करे। वे चाहते थे कि उनका बेटा जीवन की सच्चाइयों के बारे में सीखे, यह सीखे कि सम्पत्ति व शक्ति विशेषाधिकार हैं, ना कि सामान्य अधिकार। बदक़िस्मती से

विकास चीज़ों को उस तरह से नहीं देखता। उसके दोस्त जब कभी उसे बस स्टॉप पर देखते, उसका मज़ाक़ उड़ाते; उसके दोस्तों के माता-पिता अपने बच्चों को गाड़ी व ड्राइवर देते। विकास को लगता कि उसके पिता पुराने ख़यालों के और कंजूस थे। संदीप कभी नहीं समझ पाए कि अपने बेटे से उनके रिश्ते में इतनी दूरी क्यों थी।

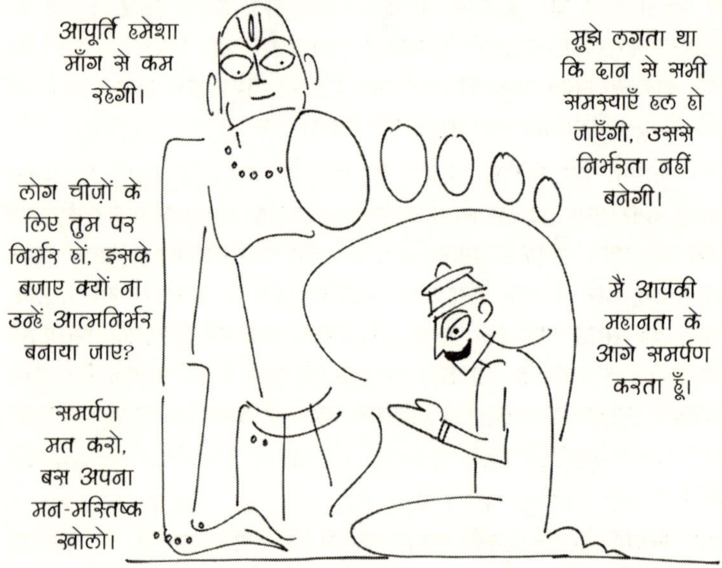

सिखाने के लिए हमें छोड़ना सीखना होता है

सीता की खोज करते हुए हनुमान अपनी इच्छा से लंका में आग लगा देते हैं। यह राम को अच्छा नहीं लगता, क्योंकि वे लंका के राजा के अपराधों का दंड उसके नागरिकों को नहीं देना चाहते। फिर से राम को नाराज़ नहीं करने की इच्छा लिए हनुमान कसम खाते हैं कि वे फिर कभी राम से परामर्श लिए बिना कोई निर्णय नहीं लेंगे।

यह परम आज्ञाकारिता इतनी अत्यधिक है कि इससे बुद्धिमान भालू जामवंत सचेत हो जाते हैं, वे भी राम की उस सेना में हैं, जिसे रावण को हराने व सीता को छुड़ाने के लिए बनाया गया है। जब हनुमान को युद्ध में गंभीर रूप से घायल लक्ष्मण की जान बचाने के लिए आवश्यक संजीवनी बूटी खोजने के लिए निर्देश दिए जा रहे थे कि उसका कैसे पता लगाया जाए, तो जामवंत ने राम से कहा, "इस बात का ध्यान रखें कि बूटी खोजने के बाद उन्हें स्पष्ट रूप से वापस आने को अवश्य कहें। अन्यथा वे बूटी तो पा लेंगे, लेकिन पूर्ण आज्ञाकारिता में पर्वत के पास बैठकर प्रतीक्षा करते रहेंगे।" राम समझ गए कि ऐसा करना अच्छा नहीं था। स्थिति को सुधारा जाना आवश्यक था।

जैसा कि अद्भुत रामायण में बताया गया है कि युद्ध के दौरान रावण के चचेरे जादूगर भाई महिरावण ने राम व लक्ष्मण का अपहरण कर उन्हें पाताल लोक में रख दिया। केवल हनुमान के पास उन्हें बचाने के लिए आवश्यक बौद्धिक व शारीरिक शक्ति थी। वहाँ उन्हें अपने विवेक पर निर्भर रहना था, क्योंकि वहाँ पर उन्हें निर्देश देने के लिए राम नहीं थे। वे अकेले थे, जामवंत समझ गए कि राम ने ही यह स्थिति तैयार की है। हनुमान को विवश किया गया कि वे चुनौती का सामना करने के लिए अपनी योग्यता सिद्ध करें।

बचाव अभियान के दौरान एक बार हनुमान को पाताल के पाँच कोनों में रखे पाँच दीपकों को एक साथ बुझाना था। इस समस्या के समाधान के लिए उन्होंने अपने चार अतिरिक्त सिर उगा लिए : एक शूकर का, एक गरुड़ का, एक सिंह व एक घोड़े का। इन पाँच सिरों की सहायता से हनुमान सभी दीपकों को बुझा सके। अंततः हनुमान राम को बचाने में सफल रहे। वे एक आज्ञाकारी सेवक से एक चतुर, स्वतंत्र रूप से निर्णय लेने वाले में रूपांतरित हो गए। वे राम भक्त से महावीर बन गए, एक देवता से भगवान बन गए, जो स्वयं आराधना के योग्य बन गए। राम ने एक अग्रणी को तैयार कर लिया।

हर नेता के जीवन में एक ऐसा समय आता है, जब उसे अपने आसपास अधिक नेता तैयार करने होते हैं। इसमें अपनी टीम के सदस्यों को इतना सक्षम बनाना शामिल है कि वे स्वयं स्वतंत्र निर्णय ले सकें। ऐसा करना आसान नहीं है, क्योंकि हर निर्णय के परिणाम होते हैं और उनमें से सभी नेता को स्वीकार्य नहीं होते। नेता में इतना संयम व इतनी परिपक्वता होनी चाहिए कि वह किसी जूनियर द्वारा लिए गए निर्णय में हस्तक्षेप नहीं करे और उसमें कोई बदलाव नहीं करे।

लंका को जलाने के हनुमान के निर्णय ने राम को नाराज़ कर दिया। इस कारण हनुमान फिर कोई फ़ैसला लेना बंद कर देते हैं। इससे हुए नुक़सान को सुधारने के लिए राम को स्वयं को दृश्य से हटाना होगा, ताकि हनुमान अपनी निर्णय लेने की क्षमताओं का फिर से पता लगा सकें। यह ज़रूरी नहीं है कि कोई प्रमुख अपने जूनियर के फ़ैसले से सहमत हो। वे दोनों दो अलग क़िस्म के लोग हैं और हो सकता है कि दोनों एक ही स्थिति को एक समान तरीक़े से नहीं देखें। लेकिन यह कल्पना करना कि उनका अधीनस्थ भी ठीक उनकी तरह सोचेगा, यह किसी नेता की भूल है।

संजीव की निर्णय लेने की बेहतरीन क्षमताओं के कारण वे बहुत कम उम्र में कम्पनी के साझेदार बन गए। अब उन्हें अपने मैनेजरों को विकसित करना होगा और उन्हें ज़्यादा ज़िम्मेदारियाँ लेने के लिए प्रोत्साहित करना होगा। उनके मैनेजरों में से एक सेबेस्टियन ने एक क्लायंट के साथ करोबार

के एक प्रस्ताव पर आगे का काम खुद करने का फ़ैसला किया। “आपने ऐसा क्यों किया?” संजीव चिल्लाए। “यह बात उन्हें अच्छी नहीं लगेगी।” एक बार फिर सेबेस्टियन ने एक बीमार मैनेजमेंट ट्रेनी को आधे दिन की छुट्टी दे दी। “आपने ऐसा क्यों किया?” संजीव चीख़े। “इतना सारा काम किया जाना है।” बॉस नाराज़ नहीं हों, इसके लिए सेबेस्टियन ने इस घटना के बाद स्वतंत्रतापूर्वक निर्णय लेने बंद कर दिए। उन्होंने वही किया, जो उन्हें संजीव ने करने को कहा। उनके काम की समीक्षा करने के दौरान संजीव ने कहा, “आपको अधिक सक्रियता से काम करने की ज़रूरत है।” इस बात से सेबेस्टियन को हैरानी व कोफ़्त हुई। अपनी खुद की हरकतों के कारण संजीव के आसपास आज्ञाकारी अनुयायी हैं, अग्रणी नहीं।

वृद्धि तभी हो सकती है, जब शिक्षक सीखने को तैयार हों

शिव स्वयम्भू हैं, अतैव वे दुनिया को देखने के लिए अपनी आँखें खोलने की इच्छा नहीं रखते। बहुत मुश्किल से गौरी उनकी आँखें खुलवाती हैं। उनके पास कुछ ऐसे प्रश्न हैं, जिनके उत्तर केवल शिव के पास हैं। शिव बताते हैं कि क्यों वस्तुओं की तुलना में विचारों का और कौशल की तुलना में दृष्टि का अधिक महत्त्व है। जैसे-जैसे गौरी अपने संदेहों को दूर करती हैं, शिव उस भय को समझने लगते हैं, जो ब्रह्मा को वस्तुओं व कौशल को अपनी पकड़ से जाने देने से रोकता है, उन सभी वस्तुओं को जो मूर्त हैं, विश्व के प्रति उनके अपने दृष्टिकोण को जो सीमित है। यह वार्तालाप शिव में समानुभूति को जगाता है, उन्हें शंकर-शम्भू यानी कृपालु में रूपांतरित करता है।

शिक्षा व सीखना एक रेखा में होना चाहिए। शिक्षा में सिखाने का बोझ शिक्षक पर होता है। सीखने में यह बोझ विद्यार्थी पर चला जाता है। शिक्षा व सीखने को चक्रीय बनाया जा सकता है, विशेषकर व्यवसाय में, जब प्रशिक्षक व परामर्शदाता विद्यालक्ष्मी देते हैं और बदले में शारदा लेते हैं, जबकि इसमें भाग लेने वाले की कोई सक्रिय भागीदारी तक नहीं होती। देवता चाहे यजमान से सीखने से मना भी कर दे, तब भी यजमान देवता से सीख सकता है। यजमान यह सीख सकता है कि क्या है जो देवता को ज्ञान के प्रति जिज्ञासु और इच्छुक बनाता है और क्या उसे जिज्ञासु व इच्छुक होने से रोकता है। यहाँ ज्ञान उसके सामने मानव स्थिति को उजागर करता है, उसकी दृष्टि का विस्तार करता है, उसे अधिक विश्वसनीय और समझदार बनाता है।

कारोबार में सीखने व सोचने की लोगों की योग्यता को लेकर संदेह करना और यह सोचना कि काम करवाने का एकमात्र तरीक़ा यह है कि नियमों व प्रणालियों के द्वारा लोगों पर प्रभुत्व जमाया जाए या उन्हें अपने अनुकूल बनाया जाए और इनाम व दंड का इस्तेमाल कर उन्हें नैतिक व

कुशल बनने के लिए विवश किया जाए। यह तरीक़ा केवल अधीरता व बंद दिमाग़ को उजागर करता है।

मैंने संचार के तत्व को खोज लिया है, क्या काम करता है और क्या नहीं और क्यों कुछ काम नहीं करता। यह ज्ञान मुझे कम अधीर और अधिक बुद्धिमान बनाता है।

यदि हम इस बात को लेकर आश्वस्त हैं कि हम दुनिया में जो कुछ जानने के योग्य है, वह सब कुछ जानते हैं, तो हम ऐसी दुनिया तैयार करते हैं, जिसमें मानवता की समझ बहुत कम होती है, जहाँ मानव केवल पशु होते हैं, जिन्हें नियंत्रित व निर्देशित किए जाने की आवश्यकता होती है। इस तरीक़े से बना आस्थारहित समाज वास्तव में समाज नहीं होता। वह एक प्रकार का युद्ध क्षेत्र होता है, जो विस्फोट के लिए तैयार होता है।

यह समझने के लिए शारदा की आवश्यकता होती है कि लोग जो कहा जाए, उसे करने से इनकार क्यों करते हैं, वे व्यवस्था की अवहेलना क्यों करते हैं और उसे पलटना क्यों चाहते हैं। शारदा पाने के लिए यजमान को उदारता से विद्यालक्ष्मी देनी चाहिए, आत्मविश्लेषण करना चाहिए कि देवता उसे प्राप्त करने का विरोध क्यों करते हैं, वह क्यों मछली पकड़ना सीखने की तुलना में उसे प्राप्त करने को प्राथमिकता क्यों देता है, वह ज़िम्मेदारी

लेने व भरोसेमंद बनने के बजाए दूसरों की शिकायत करना व आश्रित रहना क्यों पसंद करता है।

रवि अपने खनन के काम की तुलना किसी कुएँ से पानी निकालने से करते हैं। जब बाज़ार में माँग अधिक होती है, तो वे अपनी बाल्टी को चौड़ा कर देते हैं और माँग के कम होने पर उसे सँकरा कर देते हैं। इस तरीक़े से वे यह बता रहे हैं कि वे अपने संगठन को केवल बाल्टी की तरह, किसी चीज़ की तरह देखते हैं। लोग तो बस साधन हैं, जिनका इस्तेमाल तब तक होता है, जब तक कि वे उपयोगी हों। इसके बाद उन्हें आश्चर्य होता है कि इतना सफल होने के बावजूद क्यों कोई उनके परिवार की तरह नहीं है, उनका आदर नहीं करता या उनकी परवाह नहीं करता। वे उनसे डरते हैं, उनकी आज्ञा का पालन करते हैं, लेकिन उनका मान नहीं करते। रवि ख़ुश नहीं हैं और वे तब तक नाख़ुश रहेंगे, जब तक कि वे अपनी दृष्टि का विस्तार करना और वृद्धि करना नहीं सीख लेते।

विचार में वृद्धि से कार्यशीलता में बढ़ोतरी होती है

जैसे-जैसे विष्णु विश्व का संरक्षण करते हैं, हर किसी को दृष्टि को विस्तृत करने के लिए प्रोत्साहित करते हैं, हम पाते हैं कि उनका हर अवतार उनके पिछले अवतार से ली गई सीख पर आधारित है :

- मत्स्य रूप में वे एक छोटी मछली के रूप में हैं, जिसे प्रलय के दौरान मनु बड़ी मछली से बचाते हैं, वे सीखते हैं कि मानवता को संयम व संतुलन की आवश्यकता है। पर्यावरण की क़ीमत पर असहाय की सहायता नहीं की जा सकती; पोषण के साथ भूख से आगे बढ़ने का प्रोत्साहन भी आवश्यक है।
- अपने अगले अवतार में वे कूर्म यानी कछुए के रूप में उस मथनी को थामे रखते हैं, जो तभी काम करती है, जब प्रतिशक्ति से शक्ति का संतुलन बना रहे और दोनों पक्ष जानते हों कि कब रस्सी को खींचना होता है और कब उसे छोड़ देना होता है। फिर वे मानव की उस पशु प्रकृति का अवलोकन करते हैं, जो उसे आक्रामक, क्षेत्रीय व अन्य लोगों की सीमाओं के प्रति अशिष्ट बनाती है।
- अपने अगले अवतारों में वे वराह यानी शूकर, नृसिंह यानी आधे नर व आधे शेर के रूप में हैं। अपने इन अवतारों में वे पशु को पराजित करने के लिए शक्ति व उसकी सहज प्रवृत्ति को क़ाबू में करने के लिए धूर्तता से काम लेते हैं। इससे बलि का उदय नहीं रुकता, जिनका मानना है कि सम्पत्ति के वितरण से जीवन की सभी समस्याएँ हल हो जाएँगी। विष्णु सीखते हैं कि मानवता को वस्तुओं से विचारों तक, नारायणी से नारायण तक अपनी दृष्टि का विस्तार करना होगा।
- फिर वामन परशुराम यानी योद्धा ब्राह्मण बन जाते हैं, जो मानवता को वस्तुओं पर विचारों के महत्त्व को बताने का प्रयास करते हैं।

जब निर्देश काम नहीं करता, तो वे राम बन जाते हैं और स्वयं उदाहरण रखकर नेतृत्व करते हैं। लेकिन इससे कुछ पाखंडी लोग सामने आते हैं, जो नियमों के बाहरी रूप को महत्त्व देते हैं, उनके वास्तविक अर्थ को नहीं। इसकी परिणति कृष्ण के जन्म के रूप में होती है।

- अपने अंतिम दो अवतारों में विष्णु व्यवस्था को तोड़ते हैं और बहुत हद तक विनाशक शिव की तरह काम करते हैं, वे निष्क्रिय तौर पर संन्यासी की तरह (श्रमण, जिनकी पहचान कई बार बुद्ध के रूप में की जाती है) दुनिया त्याग देते हैं या फिर कल्कि जैसे सेनापति की तरह सक्रिय रूप से उसे नष्ट कर देते हैं। यहाँ विनाश करने का लक्ष्य ज्ञान को प्रोत्साहित करना है।
- संस्कृति के जाते ही प्रकृति अपने प्रचंड रूप में स्वयं को स्थापित करती है। जंगल का नियम काम करने लगता है। बड़ी मछली छोटी को खा लेती है, जब तक कि मनु उस छोटी मछली को बचा नहीं लेते और यह उजागर नहीं करते कि मानवता के लिए अब भी आशा बची है। इस प्रकार मछली को बचाकर मानवता धर्म की भावना, मानव क्षमता का प्रदर्शन करती है और विष्णु को प्रेरित करती है कि वे अपने चक्र को पुनर्जीवित करें।

कहा जाता है कि महाभारत व पुराणों का संकलन करने वाले व्यास यह देखकर क्रोधित हो जाते हैं कि क्यों लोग उस धर्म का पालन नहीं करते, जिससे सबको लाभ होता है। दूसरी ओर, विष्णु को कभी इस प्रकार का रोष व्यक्त करते हुए नहीं दिखाया जाता। ब्रह्मा का रूपांतरण उनके प्रदर्शन का प्रमुख संकेतक नहीं है। धर्म का पालन करना आवश्यक नहीं है। यह वांछनीय है। यदि धर्म का पालन नहीं किया जाए, तो संगठन समाप्त हो जाएगा, लेकिन प्रकृति बनी रहेगी और जीवन चलता रहेगा। अतः विष्णु मुस्कराते हैं, चाहे ब्रह्मा बदमिज़ाज ही क्यों नहीं बने रहें।

बीरेंद्र को लगता है कि उनके पिता राघवेंद्र इसलिए सफल हैं, क्योंकि उन्होंने बहुत पैसा कमाया है। जबकि राघवेंद्र के लिए धन लक्ष्य नहीं है, बल्कि वह बौद्धिक व भावनात्मक वृद्धि का परिणाम है। उन्होंने एक केमिकल कम्पनी में क्लर्क के रूप में काम शुरू किया। उन्होंने नए हुनर सीखे और जाना कि दुनिया कैसे काम करती है और जिस भी काम को किया, उसमें धीरे-धीरे सफलता प्राप्त की। वे एग्ज़ीक्यूटिव बने, मैनेजर बने और यहाँ तक कि अपनी कम्पनी के निदेशक भी बने और फिर उन्होंने उस सबको छोड़ने का फ़ैसला किया और उद्यमी बने। उन्होंने निवेशक के तौर पर कई कम्पनियों का मार्गदर्शन किया। जल्दी ही वे कई उद्योगों के मालिक बन गए, लेकिन उन्होंने सीखना नहीं छोड़ा, यह गौर करना नहीं छोड़ा कि वह क्या चीज़ है, जो लोगों से उनका सर्वश्रेष्ठ प्रदर्शन करवाती है, वह क्या है, जो उन्हें असुरक्षित करता है। इस जानकारी ने उन्हें बेहतर नेगोशिएटर और सौदा करने में बेहतर बनाया। वे मुक्त रूप से अपने विचारों को सबके साथ साझा करते हैं और लोगों की बढ़ोतरी के लिए अवसर तैयार करते हैं, लेकिन बहुत कम ही सरस्वती को उस रूप में देखते हैं, जैसा कि वे देखते हैं। स्वाभाविक है कि वे ना तो उनके जैसे सफल हैं और ना ही उनके जितने संतुष्ट हैं।

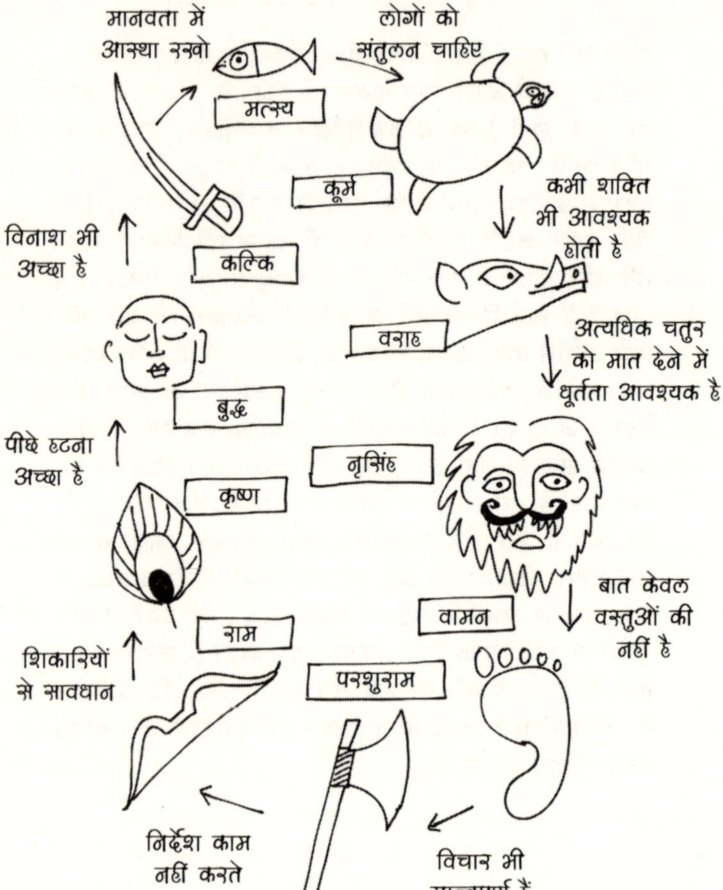
मानवता में आस्था रखो
मत्स्य
लोगों को संतुलन चाहिए
कूर्म
कभी शक्ति भी आवश्यक होती है
वराह
अत्यधिक चतुर को मात देने में धूर्तता आवश्यक है
नृसिंह
बात केवल वस्तुओं की नहीं है
वामन
विचार भी महत्त्वपूर्ण हैं
परशुराम
निर्देश काम नहीं करते
राम
शिकारियों से सावधान
कृष्ण
पीछे हटना अच्छा है
बुद्ध
विनाश भी अच्छा है
कल्कि

विचार को प्रेरित करने के लिए हमें धैर्य सीखना होगा

शिव जिस प्रकार विचार को उभारते हैं, वह विष्णु के तरीक़े से बहुत अलग है। ब्रह्मा अपनी बेटी शतरूपा का पीछा करते हैं, जो कि धारणा के साथ मानव की आसक्ति का प्रतीक है। भय में हम अपनी उस कल्पना से चिपके रहते हैं, जो हमने दुनिया व अपने बारे में की होती है। शिव इसके लिए ब्रह्मा का सिर काट लेते हैं। वे लोगों की तुलना में यज्ञ को अधिक महत्त्व देने के कारण दक्ष का भी सिर काटते हैं। यहाँ सिर काटना मस्तिष्क को विस्तृत करने पर विवश करने का प्रतीक है।

शिव चाहते हैं कि ब्रह्मा और दक्ष अपना ध्यान नारायणी से हटाकर नारायण की ओर ले जाएँ। लेकिन दोनों ही अड़ियल होकर आगे बढ़ने से इनकार कर देते हैं। शिव का आग्रह उन्हें और भी भयभीत करता है। गुस्से

में आकर शिव, ब्रह्मा व उनके पुत्रों के प्रति अपने नेत्र बंद कर लेते हैं और उन्हें वैतरणी में फँसे उन प्रेतों की तरह अलग-थलग रहने देते हैं, जिन्हें तीर्थ नहीं मिल पाता। डरे हुए हिरन व कुत्ते असुरक्षा के कारण भौंकते हैं और एक हद तक तटस्थ रहने वाले शिव से शरण की इच्छा रखते हैं।

शिव को विनाशक कहा जाता है, क्योंकि वे ब्रह्मा की धारणाओं को नकार कर उनके सिर को अलग कर देते हैं और कापालिक के स्वरूप में उनके सिर को अपने हाथ में रखते हैं। इसके ठीक विपरीत, विष्णु को संरक्षक कहा जाता है, क्योंकि वे ब्रह्मा को, उनकी मान्यताओं को सहमति देते हैं, उन्हें अपनी नाभि से ऊगने वाले कमल पर आश्रय देते हैं और प्रतीक्षा करते हैं कि ब्रह्मा अपनी गति से व अपनी शर्तों पर अपनी दृष्टि का विस्तार करें।

विष्णु हर यज्ञ के साथ अपनी रणनीति बदलते हुए, विभिन्न युगों में अलग-अलग अवतार लेकर, कभी नियमों को बनाए रखकर, कभी उन्हें तोड़कर देवताओं को परिवर्तन का विकल्प देते हैं, वे आशा करते हैं कि देवता में चिंतन जग जाए, वह तपस्या करें, जब तक कि श्रुति को सुना नहीं जाता।

अपने बच्चों को सौम्यता से समझाती हुई माँ की तरह विष्णु उन्हें दो चीज़ें दिखाते हैं : एक चक्र और एक शंख। चक्र प्रकृति व संस्कृति के बार-बार दोहराने के स्वभाव को दिखाता है : बदलते मौसम व बाज़ार पर मँडराने वाले उतार-चढ़ाव के चक्र। शंख उस कल्पना का प्रतिनिधित्व करता है, जो ज्ञान की स्थिति में बाहर की ओर बढ़ सकती है और भय में भीतर की ओर।

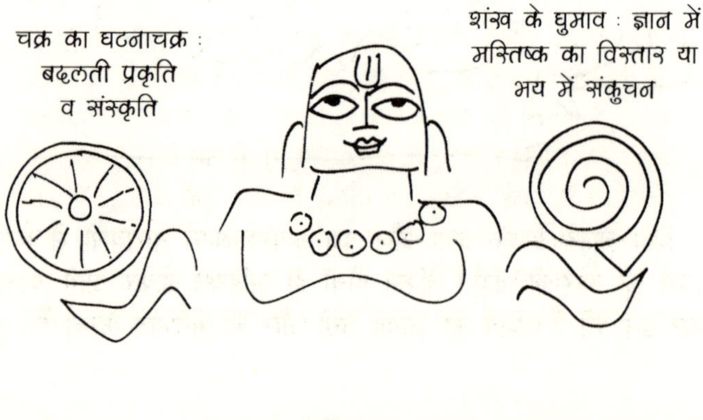

यदि देवता अपनी दृष्टि का विस्तार कर ले, तो यजमान की आस्था बढ़ जाती है। यदि देवता ऐसा नहीं करता, तो यजमान का धैर्य बढ़ जाता है। दोनों तरीक़ों से यजमान वृद्धि करता है। वह अधिक देखता है, वह अधिक समावेशी होता है। वह निवेशकों, प्रतिभा या ग्राहकों को डराकर नहीं भगाता, स्वाभाविक है कि वे धैर्यवान व सबको साथ लेकर चलने वाले इस व्यक्ति के आसपास जमा हो जाते हैं।

काम करने के दौरान सारी उम्र मारिया, कमलेश को यह चिल्लाते हुए सुनती रही हैं, "तुम नहीं समझोगी। बस वही करो, जो मैं कहता हूँ।" मारिया बीस साल से उनकी सेक्रेटरी रही हैं और वे जानती हैं कि कमलेश बहुत प्रतिभाशाली व्यक्ति हैं, जो दुनिया के साथ अपना ज्ञान बाँटना चाहते हैं, लेकिन उनमें धैर्य की कमी है। चीफ़ डिज़ाइनर होने के नाते वे अपनी टीम को डिज़ाइन के बारे में बताने की बहुत कोशिश करते हैं, लेकिन उनकी टीम समझ ही नहीं पाती। उन्हें कई सम्मान मिले हैं और बहुत से डिज़ाइनर्स उनके साथ काम करना चाहते हैं, लेकिन उनके साथ काम करने के दौरान ऐसे लोग बहुत कम होते हैं, जो कमलेश की प्रतिभा को समझने व उनकी सराहना करने की वास्तव में कोशिश करते हैं। कमलेश के विचार रैखिक यानी एक सीध में नहीं होकर स्थानिक हैं यानी स्थान की अवधारणा से जुड़े हैं। उन्हें नमूने दिखाई देते हैं और वे बहुत ज़्यादा सोचे बिना तेज़ी से फ़ैसला लेते हैं, लगातार अपने विचारों में बदलाव लाते हैं और अपनी सहज प्रवृत्ति के अनुसार काम करते हैं। वे इस 'प्रक्रिया' को समझाने की कोशिश करते हैं, लेकिन उसे शब्दों में व्यक्त कर पाना बहुत मुश्किल है। जब उनके आसपास के लोग उनके साथ क़दम नहीं मिला पाते, तो वे अपना आपा खो देते हैं, उन पर चिल्लाते हैं, उन्हें भला-बुरा कहते हैं और उन्हें बाहर निकाल देते हैं। मारिया, कमलेश को इतना जानने में कामयाब रही हैं कि वे समझ चुकी हैं कि उनके साथ काम कैसे करना है। वे उनके डिज़ाइन के काम को नहीं समझती, लेकिन यह

ज़रूर समझती हैं कि उनके प्रशासनिक काम को कैसे किया जाए। वे जानती हैं कि वे उतने बुरे नहीं हैं, जितना कि लोग उन्हें समझते हैं। वे शिव की तरह हैं, बहुत जल्दी ग़ुस्से में आ जाते हैं, आसानी से मान जाते हैं, अपने विद्यार्थियों से बहुत अपेक्षाएँ रखते हैं, यह नहीं देख पाते कि दुनिया का नज़रिया उनसे काफ़ी अलग है। एक अन्य व्यक्ति हैं, जो कमलेश को समझते हैं और वे हैं, विश्वविद्यालय के कला विभाग के प्रमुख हमीर। वे कहते हैं, "आप ग़ुस्सा क्यों करते हैं, कमलेश? वे सीख लेंगे, जब उन्हें सीखना होगा। आपको बस सहयोग देना होगा। किसी नतीजे की अपेक्षा नहीं करें। मैं जानता हूँ कि यह बहुत हताशा भरा है, लेकिन तीस साल तक पढ़ाने के बाद मैंने जाना है कि विद्यार्थी अपने रास्ते पर चलेंगे। वे आपकी बात मानकर आपका मन रखेंगे। यहाँ मुद्दा उनसे आज्ञापालन करवाना नहीं है, बल्कि यह है कि उनके भले के लिए उन्हें उनके मस्तिष्क के विस्तार के लिए प्रेरित किया जाए। अगर वे ऐसा नहीं करें, तो नुक़सान किसका है?" यह कहते हुए हमीर मुस्कराते हैं।

निष्कर्ष

आधुनिक प्रबंधन किसी लक्ष्य का पीछा करने के बारे में है, जिसका उल्लेख अब्राहमी मिथक कथाओं में प्रतिश्रुत भूमि, ग्रीक मिथक कथाओं में एलिसियम के रूप में किया गया है। हिंदू मिथक कथाओं में हालाँकि धन की देवी लक्ष्मी का पीछा करने के विरुद्ध चेतावनी दी गई है, इसका परिणाम टकराव होता है। इसकी जगह वे किसी को खुद को लक्ष्मी को आकर्षित करने वाला बनाने, स्नेह तथा कृपा पाने की सलाह देते हैं ताकि वे हमारी राह में चलती रहें। इसके लिए हमें देवराज इंद्र से थोड़ा कमतर होना पड़ेगा, जो कि अपनी ही भूख के शिकार बन जाते हैं और विष्णु की भाँति होना पड़ेगा, जो कि विश्व के पालक हैं, जो अन्य लोगों की भूख से उपभुक्त होते हैं। विष्णु जानते हैं कि मानव की भूख तीन तरह की होती है धन, शक्ति और ज्ञान।

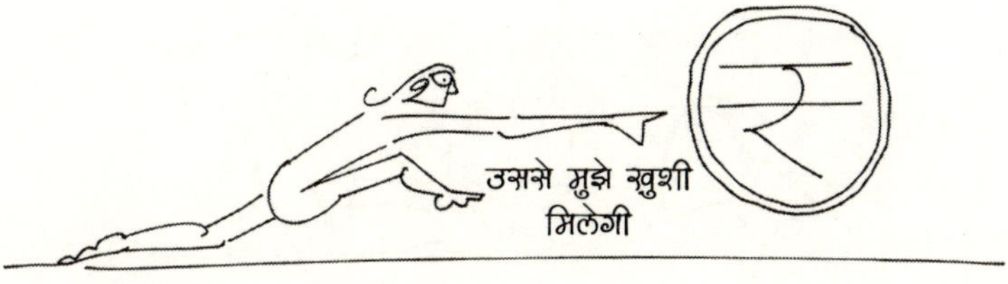

जैसा कि हमने देखा है कि प्रबंधन के प्रति भारतीय दृष्टिकोण के मूल में यज्ञ के कर्मकांड हैं। इन प्राचीन कर्मकांडों का उल्लेख ऋग्वेद के बिलकुल प्रारंभिक स्तोत्र में दिया गया है। इसे सामान्य तौर पर बलि या पूजा के रूप में ग़लत अनुवादित किया जाता है, जबकि इसका वास्तविक अर्थ विनिमय है, जो कि किसी भी अर्थव्यवस्था का आधार है। जब हम पाने का आदेश देते हैं तब हम यजमान होते हैं। जब हम कुछ देना नहीं चाहते हैं तो असुर हो जाते हैं। जब हम हथिया लेते हैं तो हम राक्षस हो जाते हैं। जब हम जमा करते हैं तो यक्ष बन जाते हैं। जब हम विनिमय नहीं करते हैं तो हम श्रमण हो जाते हैं, जो कि अपनी भूख से ऊपर उठ चुका होता है और ना जो पोषित होना चाहता है और ना ही पोषित करता है। विष्णु भगवान हैं, जो अपनी भूख से ऊपर उठ चुके हैं। वे केवल देवता को पर्याप्त रूप से पोषित करने के लिए लेते हैं।

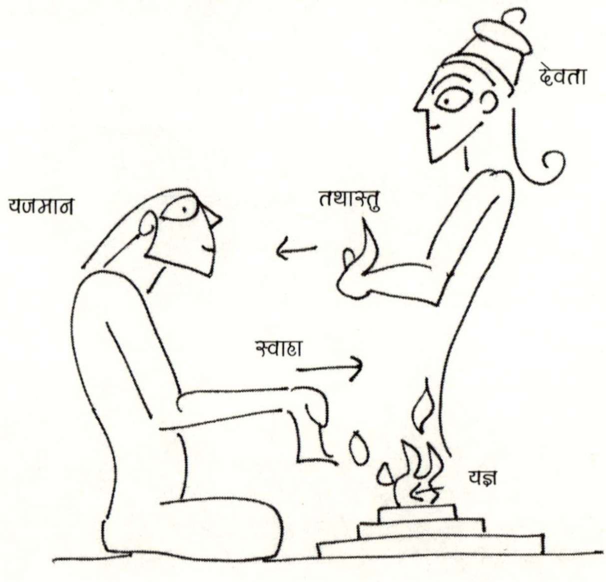

कलश सांस्कृतिक संपन्नता
श्रीदेवी असहाय की
सहायता
कमल
प्राकृतिक संपन्नता
भूदेवी शक्ति ही
अधिकार है

पशु प्रवृत्ति प्रभुत्व स्थापित
करना, अपने क्षेत्र की रक्षा
करना और आक्रामक होना
प्रकृति
को अपने
अनुकूल
करने वाला
यंत्र

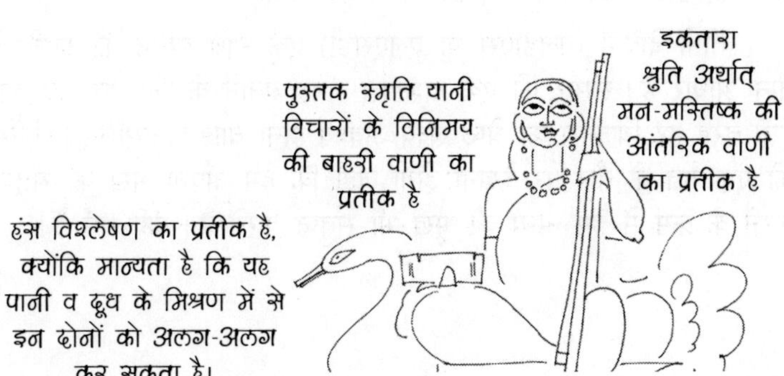
इकतारा
श्रुति अर्थात्
मन-मस्तिष्क की
आंतरिक वाणी
का प्रतीक है
पुस्तक स्मृति यानी
विचारों के विनिमय
की बाहरी वाणी का
प्रतीक है
हंस विश्लेषण का प्रतीक है,
क्योंकि मान्यता है कि यह
पानी व दूध के मिश्रण में से
इन दोनों को अलग-अलग
कर सकता है।

यजमान एक सामाजिक प्राणी है : उद्यमी, पेशेवर, व्यापारी, प्रमोटर, निर्माता, सेवा मुहैया कराने वाला जो कि किसी शेयर होल्डर की भूख को संतुष्ट करता है। वह जो पाना चाहता है उसके क्रम में भले ही वह ग्राहक, कर्मचारी, विक्रेता, साझेदार, बॉस या निवेशक हो। वह सदैव मानव भूख के प्रति चैतन्य रहता है, जिसकी यदि संतुष्टि नहीं हो तो विश्व में हिंसा हो सकती है, जैसा कि हम आज सर्वत्र देखते हैं।

आधुनिक प्रबंधन आज बिज़नेस को लक्ष्य के समूह या कार्यों के सैट के तौर पर देखने तक सिमटकर रह गया है। लेकिन बिज़नेस अनिवार्य तौर पर लोगों के एक समूह के बारे में है जो एक सिरे पर शेयर धारक की और दूसरे सिरे पर उपभोक्ताओं की भूख को संतुष्ट करता है। बिज़नेस में कर्मचारी तथा उद्यमी समेत प्रत्येक व्यक्ति शेयर होल्डर होता है। वे आवश्यक रूप से ऐसे प्राणी होते हैं जो कि कल्पना कर सकते हैं। प्रत्येक भूखे शिकारी की तरह वह भूख से मरने के भय से गुज़रता है, इसलिए भोजन चाहता है। किसी शिकार लिए डाले जाने वाले चारे की तरह वह परभक्षण से मृत्यु के प्रति आशंकित होता है और इसलिए सुरक्षा तथा शक्ति चाहता है। इसे आगे चलकर कल्पना से ईंधन मिलता है जिससे इंसानों में धन तथा शक्ति के लिए ज़बर्दस्त चाहत पैदा होती है। यही नहीं, इंसान हैरान रहते हैं कि वे कौन हैं, उनका अस्तित्व क्यों है और उनके जीवन का मतलब क्या है। यह अशक्त होने का भय हमें निगल जाता है। इसलिए हर यजमान को लक्ष्मी, दुर्गा और सरस्वती की विस्तृत जानकारी होने की आवश्यकता होती है। लक्ष्मी, दुर्गा और सरस्वती धन, शक्ति तथा ज्ञान की देवियाँ हैं जिनके लिए भूख विभिन्न शेयर होल्डर्स में विभिन्न अनुपातों में मौजूद रहती है।

तीनों देवियाँ (एलडीएस या एलएसडी) एक साथ इंसान की ख़ुशी के तीन आधार हैं। संसार को एक ख़ुशहाल जगह बनाने के लिए हर यज्ञ का, इसी तरह हर बिज़नेस का श्रेष्ठ लक्ष्य अवश्य होना चाहिए। इसलिए बिज़नेस को एक यज्ञ के तौर पर देखना होगा जहाँ कि हम अपनी भूख को संतुष्ट करने के क्रम में हम अन्य की भूख भी संतुष्ट करते हैं। यही धर्म है।

नोट्स

नए शब्दों के साथ नए विश्व बनते हैं, क्योंकि वे नए विचारों का वाहन होते हैं। वे मानस के विस्तार की प्रक्रिया को सक्षम बनाते हैं। ये शब्द मेरी सूत्र सीरीज़ की अन्य पुस्तकों - *बिज़नेस सूत्र, सक्सेस सूत्र,* लीडरशिप सूत्र तथा टेलेन्ट सूत्र में भी सामान्यतः आए हैं।

	व्यापार संदर्भ	पारम्परिक संदर्भ
अग्नि	जिसका उपयोग प्रकृति को अनुकूल बनाने व नियंत्रित करने में किया जाता है	अग्नि देवता
अमरावती	आदर्श लक्ष्य, जहाँ बिना किसी प्रयास के सभी आवश्यकताएँ पूरी होती हैं	इंद्र का स्वर्ग
अंकुश	लोगों से काम करवाने के लिए दबाव बनाने व उन्हें पीछे खींचने के लिए इस्तेमाल साधन	हाथी का अंकुश
अर्जुन	अत्यधिक तर्क करने वाला, जो प्रश्न पूछे जाने पर प्रत्युत्तर में तीर की तरह प्रश्न पूछता है	कुशल धनुर्धर तीसरा पांडव
असुर	जिसे लगता है कि उसके अधिकारों को नकारा गया है, परिणामस्वरूप उसमें रोष व महत्त्वाकांक्षा जागती है	देवों के शाश्वत शत्रु
अवसर्पिणी	निराशावादी दृष्टि	किसी युग का क्षय काल
अवतार	किसी दूसरे के हित के अनुसार भूमिका को ढालना	विष्णु का अवतरण
बलि	निर्माण की प्रक्रिया में जो नष्ट होता है	बलिदान

	व्यापार संदर्भ	पारम्परिक संदर्भ
भगवान	ऐसा प्राणी जो भूखा नहीं है, लेकिन अन्य लोगों की भूख पर ध्यान देता है	एक प्राणी जो कभी भूखा नहीं होता लेकिन अन्य का पोषण करता है
भय	असुरक्षाएँ	डर
भीम	जो सोचने के बजाय काम करना चाहता है	शक्तिशाली दूसरा पांडव
भोग	जो भूख को संतुष्ट करता है	उपभोग
भोज	नेता, जो रचनात्मकता व जवाबदेही का संतुलन बनाए रखता है	एक प्रसिद्ध राजा
ब्रह्मा	व्यक्तिपरक सत्य का विषय	सृष्टिकर्ता
ब्रह्मांड	कल्पित वास्तविकता	व्यक्तिपरक विश्व
चक्रवर्ती	अपने राज्य को नियमों से नियंत्रित करने वाला राजा	दुनिया का सम्राट
चंद्र	जो बहुत तुनकमिज़ाज है और जिसके अपने पसंदीदा लोग हैं	चंद्र देवता
चतुर्भुज	कई कार्यों को करने वाला	विष्णु का एक अन्य नाम जो उनकी चार भुजाओं को इंगित करता है
चिंतामणि	हर इच्छा को पूरा करने वाला	स्वर्ग का इच्छापूर्ति रत्न
दक्ष	नियमों के प्रति जुनून रखने वाला	यज्ञ का संरक्षक
दर्शन	व्यक्तिपरक यथार्थ के विषय का अवलोकन	दृष्टि
देव	जो यह देखता है कि उसके अधिकार स्वरूप उसके पास क्या आता है	आकाश में विलासितापूर्वक रहने वाले ब्रह्मा के पुत्र

	व्यापार संदर्भ	पारम्परिक संदर्भ
देवता	यजमान द्वारा शुरू किए गए विनिमय पर प्रतिक्रिया करता है	आवाहन किया जाने वाला ईश्वर
द्रौपदी	कई बॉसों व मातहतों के साथ काम करने वाला	पांडवों की साझा पत्नी
दृष्टि	वस्तुगत यथार्थ का अवलोकन	नज़र
दुर्गा	सुरक्षा व प्राधिकार देने वाली शक्ति	युद्ध की देवी
दुशमा	मंदी	नकारात्मक समय
गणेश	कई प्रकार के दायित्व आसानी से सँभालने वाला और अतैव कई विभागों के बीच संचार करने वाला	हाथी के सिर वाला विघ्ननाशक देवता
गंगू तेली	एक ही प्रकार का काम करने वाला	प्रसिद्ध तेली
गरुड़–दृष्टि	रणनीति, विस्तृत दृष्टि, दीर्घकालीन चिंतन	पक्षी की दृष्टि
गौरी	नियमों पर आधारित संगठन	काली का घरेलू स्वरूप
गोलोक	संपोषणीय आनंदपूर्ण व्यापार	गायों का स्वर्ग
गोबर गणेश	जो बिना किसी अपने दृष्टिकोण के वही काम करता है, जो उसे करने को कहा जाए	प्रसिद्ध मूर्ख चरित्र
ग्राम–देवता	केंद्र के सिद्धांतों को परिधि की वास्तविकताओं के अनुसार ढालने वाला प्रबंधक	गाँव के देवता
हलाहल	किसी कार्यकलाप का नकारात्मक परिणाम	अमृत के साथ आने वाला विष
हनुमान	जो बिना किसी शर्त के, कोई प्रश्न पूछे बिना आज्ञापालन करता है	राम के सेवक वानर, जिनकी पूजा की जाती है
इंद्र	जो हमेशा निवेश पर उच्च प्रतिफल चाहता है	देवों के राजा

	व्यापार संदर्भ	पारम्परिक संदर्भ
इष्ट–देवता	हमारी निजी इच्छाओं को पूरा करने वाला	निजी देवता
कैलाश	जहाँ कोई भूख नहीं है	शिव का निवास
काली	बिना किसी नियामक नियंत्रण वाला बाज़ार	देवी गौरी का वन्य स्वरूप
कल्पतरु	हर इच्छा संतुष्ट करने वाला	इच्छापूर्ति वृक्ष
काम	मस्तिष्क के दाएँ भाग की गतिविधि, रचनात्मकता जिसे संरचना पसंद नहीं	इच्छा के देव
कामधेनु	हर इच्छा पूरी करने वाली वस्तु	इच्छापूर्ति गाय
कर्म	कार्यकलापों के परिणाम	कारण व परिणाम का चक्र
कर्ता	निर्देश देने वाला व्यक्ति	नेता
कार्यकर्ता	निर्देशों का पालन करने वाला व्यक्ति	अनुयायी
कौरव	वे जो ज़िद में आकर सीखने से मना करते हैं	दुर्योधन के नेतृत्व में सौ भाई, जो पाँच पांडवों का विरोध करते थे
कृष्ण	दूसरों की उनके शर्तों पर वृद्धि में सहायता करने के लिए नियम तोड़ने वाला	विष्णु का गोपाल अवतार
कुबेर	जमाख़ोरी करने वाला	यक्षों का राजा
कुल–देवता	विभागीय सहायता देने वाला	परिवार का देवता
लक्ष्मी	सम्पत्ति	धन-संपदा की देवी
मिट्टी का माधव	जो वही काम करता है, जो उसे कहा जाए और जिसकी अपनी कोई दृष्टि नहीं होती	लोक चरित्र
नकुल	जो अच्छा दिखता है, लेकिन कोई काम नहीं करता	बहुत मनोहर चौथा पांडव
नारद	तुलना व विषमता दिखाकर लोगों में असुरक्षा की भावना जगाने वाला	मुश्किल खड़ी करने वाले ऋषि

	व्यापार संदर्भ	पारम्परिक संदर्भ
नारायण	मानव संभाव्यता	देवता
नारायणी	संसाधन	देवी
निर्गुण	जिसे नापा नहीं जा सकता	अमूर्त
पांडव	विद्यार्थी, जो ग़लतियाँ कर चुके हैं, लेकिन सीखने के लिए तैयार हैं	महाकाव्य महाभारत के पाँच नायक
परशु	विश्लेषण	कुल्हाड़ी
परशुराम	नियम तोड़ने वालों को सख़्ती से सज़ा देने वाला नेता	विष्णु का योद्धा-ऋषि स्वरूप
पाश	संश्लेषण	फंदा
प्रकृति	भौतिक विश्व	कुदरत
प्रलय	किसी संगठन या बाज़ार का अंत	विश्व का अंत, जब सबकुछ समुद्र में डूब जाता है
पुरुष	कल्पना	मानवता
राधा	बिना किसी ईर्ष्या के किसी प्रतिभा को जाने देने वाला नेता	कृष्ण की प्रेमिका ग्वालिन
राक्षस	शक्ति के बल पर चीज़ों को लेने वाला	हथियाने वाला दानव
राम	दूसरों की उनकी शर्तों पर विकास में सहायता करने के लिए किसी भी क़ीमत पर नियमों का पालन करने वाला	विष्णु का राजसी स्वरूप
रणभूमि	प्रतिस्पर्धात्मक वातावरण	युद्धभूमि
रंगभूमि	आनंदपूर्ण वातावरण, जहाँ हर किसी की वृद्धि होती है	खेल की भूमि
रावण	दूसरों की क़ीमत पर अपनी वृद्धि के लिए नियम तोड़ने वाला	राक्षसों का राजा

	व्यापार संदर्भ	पारम्परिक संदर्भ
ऋषि	अन्य लोगों से अधिक अंतर्दृष्टि रखने वाला	वह देख सकने वाला मनीषी, जिसे अन्य लोग नहीं देखते
सगुण	जिसे नापा नहीं जा सकता	मूर्त
सहदेव	समस्याओं के हल जानने के बावजूद जो पूछे जाने पर ही बोलता है	सबसे छोटा पांडव, जो बहुत बुद्धिमान था और पूछे जाने पर ही बोलता था
संस्कृति	तहज़ीब	समाज
सरस्वती	मानव कल्पना	ज्ञान की देवी
सर्प–दृष्टि	युक्ति, संकीर्ण दृष्टि, लघुकालीन सोच	साँप की नज़र
सत्र	कई प्रक्रियाओं वाला संगठन	कई यज्ञों का जटिल समुच्चय
शक्ति	सहज ताक़त, क्षमता व सामर्थ्य	शक्ति की देवी
शंकर	वह जो संतुष्ट है और अन्य लोगों के प्रति संवेदनशील है	शिव का अन्य नाम
शारदा	पुरुष का ज्ञान	ज्ञान की देवी
शेख़चिल्ली	सपने देखने वाला, जिसकी किसी के प्रति कोई जवाबदेही नहीं है	सपने देखने वाला लोक चरित्र
शिव	जो स्वतंत्र है, लेकिन दुनिया से तटस्थ है	नाश करने वाले देवता
श्रुति	निजी विचार, जिन्हें साझा नहीं किया जा सकता	आंतरिक वाणी जो सुनी जाती है लेकिन बोली या प्रसारित नहीं हो सकती

	व्यापार संदर्भ	पारम्परिक संदर्भ
स्मृति	सार्वजनिक विचार, जिन्हें बाँटा जा सकता है	बाहरी वाणी, जिसे बोला या प्रसारित किया जाता है, लेकिन ज़रूरी नहीं कि उसे सुना भी जाए
स्थूल शरीर	हम शारीरिक तौर पर जैसे दिखाई देते हैं	भौतिक शरीर
सूर्य	जो कांतिमान है और सबका ध्यान अपनी ओर आकर्षित करता है	सूर्य देवता
सुशमा	तेज़ी	सकारात्मक समय
स्वाहा	निवेश	मैं जो अर्पित करता हूँ
स्वर्ग	इंद्र का स्वर्ग	अमरावती का दूसरा नाम
तपस्या	आत्मविश्लेषण, चिंतन-मनन, विश्लेषण करने का कार्य	तप (मानसिक अग्नि)का मंथन
तथास्तु	परिणाम	ऐसा ही हो
उत्सर्पिणी	सकारात्मक दृष्टि	समय की आरोही गतिविधि
वैकुंठ	ऐसा कार्यस्थल, जिसमें बिना किसी टकराव के सब साथ काम करते हैं	क्षीरसागर के मध्य विष्णु का निवास-स्थान
वामन	जो इतना विशाल हो जाता है कि बाक़ी लोग स्वयं को छोटा व नगण्य समझने लगते हैं	विष्णु का वामन अवतार
वसुदेव	जो कार्यकलापों से संचालित होता है क्रियाकलापों से संचालित नायक	संपदा की इच्छा रखने वाला

	व्यापार संदर्भ	पारम्परिक संदर्भ
वेताल	प्रश्न पूछने वाला समन्वयक, जिनसे चिंतन जागता है, लेकिन वह स्वयं उत्तर नहीं जानता	ऐसा शिक्षक जो कभी विद्यार्थी के पास नहीं जाता और जो अशांत करने वाले चिंतन को जगाता है
विक्रमादित्य	शिक्षक के पास जाने वाला विद्यार्थी	एक प्रसिद्ध राजा
विष्णु	दूसरों को उनकी अपनी शर्तों व अपनी गति से वृद्धि करने में सहायता करके जो स्वयं अपनी शर्तों पर वृद्धि करते हैं	देवता, जो संरक्षण करते हैं
यज्ञ	लेन-देन की प्रक्रिया	वैदिक अग्नि अनुष्ठान
यजमान	लेन-देन के प्रस्ताव की शुरुआत करने वाला	संरक्षक
यक्ष	जमाख़ोरी करने वाला	ब्रह्मा का जमाख़ोरी करने वाला पुत्र
यम	मस्तिष्क के बाएँ हिस्से की गतिविधि, जो अत्यधिक संरचित होती है	मृत्यु का देवता
योग	भूख से आगे बढ़ जाना	सुयोजन
युधिष्ठिर	न्यायी, लेकिन सरल नेता	सबसे बड़ा पांडव

देवदत्त पट्टनायक की अन्य पुस्तकें

बिज़नेस सूत्र

अपनी इस विशिष्ट पुस्तक में बेस्टसेलिंग लेखक, लीडरशिप कोच और पुराण-विद्या विशेषज्ञ देवदत्त पट्टनायक बताते हैं कि किस प्रकार वस्तुनिष्ठता के आवरण के बावजूद आधुनिक प्रबंधन की जड़ें पश्चिमी मान्यताओं में हैं, जो कठोर उद्देश्यों को प्राप्त करने व शेयरहोल्डर वैल्यू को बढ़ाने के लिए प्रतिबद्ध हैं। इसके ठीक विपरीत, व्यवसाय करने का भारतीय तरीक़ा (जैसा कि भारतीय पौराणिकता में स्पष्ट है, लेकिन जो अब चलन में नहीं है) स्वयं में व्यक्तिपरकता एवं विविधता को समेटता है और सफलता प्राप्त करने का सम्मिलित व अधिक प्रभावी तरीक़ा प्रस्तुत करता है। इसमें दर्शन, यानी हम दुनिया को कैसे देखते हैं और समृद्धि की देवी लक्ष्मी के साथ हमारे संबंध को बहुत महत्त्व दिया जाता है।

बिज़नेस सूत्र सफलतापूर्वक चाय की दुकान चलाने से लेकर किसी बहुराष्ट्रीय कंपनी में प्रतिभा विकसित करने जैसी व्यावसायिक स्थितियों को समझने के लिए हिंदू, जैन व बौद्ध पौराणिकता से ली गई कथाओं, प्रतीकों और अनुष्ठानों का उपयोग करती है। पुस्तक का मुख्य आधार है कि यदि हम मानते हैं कि समृद्धि का पीछा किया जाना चाहिए, तो कार्यस्थल रणभूमि यानी निवेशकों, नियामकों, नियोक्ताओं, कर्मचारियों, विक्रेताओं, प्रतिद्वंद्वियों और ग्राहकों की युद्धभूमि बन जाता है; यदि हमारी धारणा है कि समृद्धि को आकर्षित किया जाना चाहिए, तो कार्यस्थल रंगभूमि बन जाता है, यानी ऐसी जगह जहाँ सभी प्रसन्न रहते हैं।

तार्किक, मौलिक और पूरी तरह सुगम *बिज़नेस सूत्र* विविधता से भरे हुए, तेज़ी से बदलते और लगातार होते ध्रुवीकरण में प्रबंधन, व्यवसाय और नेतृत्व के प्रति नए व सूक्ष्म दृष्टिकोण को प्रस्तुत करती है।

सक्सेस सूत्र

अधिकतर व्यक्ति धन और सफलता के भूखे होते हैं। ऐसी बहुत सी प्रबंधन पुस्तकें हैं जो इस बात की सैद्धान्तिक तथा तकनीकी जानकारी देती हैं कि कैसे धनी और सफल बना जाए। ये सभी पुस्तकें हमें धन की देवी लक्ष्मी का पीछा करने की सलाह देती हैं, ताकि हम उन्हें अपना बना सकें। लेकिन प्रसिद्ध चिंतक तथा पुराण-विद्या विशेषज्ञ देवदत्त पट्टनायक लिखते हैं कि समृद्धि तथा संतृप्ति के बारे में भारतीय दृष्टिकोण देवी का अंधाधुंध पीछा करने के विरुद्ध चेतावनी देता है। इसके बजाय हमें उसे पाने के लिए अपनी भूख संतुष्ट करने के लिए अन्य लोगों की भूख को संतुष्ट करना चाहिए। यदि हम यह मूलभूत सच्चाई सीख लें और इस पर अमल करें तो लक्ष्मी हमारे घरों तथा जीवन में बसने लगेंगी।

पट्टनायक की मशहूर बेस्ट सेलर *बिज़नेस सूत्र* से निकली यह पुस्तक प्रबंधन, बिज़नेस तथा धन व सफलता को सृजित करने के बारे में सबक़ों तथा अंतर्दृष्टियों से भरपूर है।

लीडरशिप सूत्र

दुर्गा हिंदू धर्म के साथ-साथ बौद्ध तथा जैन धर्म में शक्ति की देवी हैं। उनका नाम दुर्ग (किला) शब्द से निकला है। वे राजाओं की देवी हैं। वे जंगल के राजा सिंह की सवारी करती हैं जो कि चीन से लेकर इंग्लैंड तक हर जगह राजसी गौरव का प्रतीक है। हममें प्रबंधन में शक्ति की भूमिका के इर्द-गिर्द सबकुछ जानने की प्रवृत्ति होती है और खुले तौर पर यह मानने में विफल रहते हैं कि कैसे वर्चस्व जमाने की पशुवत इच्छा संगठन की श्रेष्ठता को अक्सर बर्बाद कर देती है। आलोचकों में शक्ति को नकारात्मक वस्तु के रूप में देखने की प्रवृत्ति होती है। लेकिन शक्ति एक महत्त्वपूर्ण साधन है जो कि किसी भी विचार को लागू करने को प्रभावित करता है। इसे नियमों के जरिए सीमित करने की किसी भी कोशिश का परिणाम अनुकूल बनाने और नाखुशी के रूप में सामने आता है तथा संगठन में जान फूँकने में विफल रहता है। नेता अक्सर अपनी तुलना सिंह से करते हैं और वर्चस्व क़ायम करने की इच्छा जताते रहते हैं जबकि वास्तव में नेतृत्व का लक्ष्य हम सबमें विकसित होने वाले सिंह के भाव से पर्याप्त सुरक्षित रहने तथा हमारे आसपास के लोगों को सामर्थ्यवान और शक्तिशाली बनाने का होना चाहिए। लेकिन यह आसान नहीं है क्योंकि श्रेष्ठ नेताओं में भी अधिक शक्ति पाने की उत्सुकता होती है।

देवदत्त पट्टनायक की प्रभावी बेस्टसेलर *बिज़नेस सूत्र* से निकली यह पुस्तक शक्ति तथा नेतृत्व के इस्तेमाल के बारे में प्रारंभिक तथा मूल दृष्टिकोणों को पेश करती है। यह महत्त्व के लिए मानव की खोज का अन्वेषण, आत्म-सम्मान वाले लोगों को वंचित करने के लिए नियमों की ताक़त तथा आज़ादी की क़ीमत पर स्थिरता की ज़रूरत की पड़ताल करती है।

अनुवादक की ओर से

यह एक रोचक, ज्ञानवर्धक और अपनी विरासत को अलग ढंग से देखने में मदद करने वाली पुस्तक है। इसे पढ़ना जहाँ एक आनंददायक अनुभव रहा, वहीं इसका अनुवाद करना कुछ चुनौतियों से भरा था। सबसे पहली चुनौती यह थी कि माइथोलॉजी शब्द को किस प्रकार व्यक्त किया जाए, विशेषकर जब दुनिया भर की माइथोलॉजी की बात हो रही हो। दूसरी यह कि कठिन शब्दावली का हिंदी अनुवाद कर दिया जाए या फिर तकनीकी शब्दों को जस का तस ही रहने दिया जाए। सरल से उदाहरणों में छिपे गूढ़ अर्थों एवं व्याख्याओं को व्यक्त करना भी थोड़ा मुश्किल भरा काम था।

इस सबके बावजूद यह कहा जा सकता है कि इस पुस्तक को पढ़ना, समझना व उसका अनुवाद करना बहुत दिलचस्प रहा। पश्चिम के दर्शन व पूर्व के दर्शन के बीच के अंतर को समझकर हम स्वयं को और अपनी संस्कृति को अच्छी तरह समझ सकते हैं। हम यह जान सकते हैं कि जो कुछ है, वह क्यों है और उसके विकास के पीछे कौन से कारण मौजूद रहे हैं।

इस पुस्तक की कथा-वस्तु लेखक की अनूठी सोच को प्रदर्शित करती है। पाठकों से आग्रह है कि वे धीरज के साथ इस कथा का आनंद लें, चूँकि आज हम सभी अंग्रज़ी में सोचने के आदि हो चुके हैं, भले ही हमारी बोलचाल की भाषा कोई अन्य ही क्यों न हो। इस पुस्तक का अंग्रेज़ी से हिन्दी में अनुवाद करना आसान नहीं था, इसका एक कारण यह भी था कि दोनों भाषाओं के पाठक-वर्ग अपनी विशिष्ट विचारधारा से जुड़े हैं और उसी के अनुरूप अपेक्षाएँ रखते हैं।

यह पुस्तक जीवन का हिस्सा रहे अनुष्ठानों, पौराणिक कथाओं व दैनिक पूजा-अर्चना की एक अलग ढंग से व्याख्या करती है कि कैसे छोटे-छोटे प्रतीक कितनी बड़ी बातें कह जाते हैं। वे बातें जो हमेशा से प्रासंगिक थीं और हमेशा प्रासंगिक रहेंगी। उदाहरण के लिए, लक्ष्मी, सरस्वती व शारदा

के बारे में समझकर हम यह जान पाते हैं कि क्यों केवल भौतिक विकास ही वास्तविक विकास नहीं है, उसके साथ-साथ स्वयं को, अपने आसपास के परिवेश को समझना और अपना विकास करना ही असल में संपूर्ण विकास है। पुस्तक ऐसे छोटे-बड़े उदाहरणों से भरी है, जो जीवन को देखने के कुछ अलग दृष्टिकोण को विकसित करने में सहायता करते हैं। पौराणिक कथाएँ केवल धार्मिक अनुष्ठान या रीति-रिवाज ही नहीं है, यह जीवन को समझने का माध्यम भी है, और यह पुस्तक इसे समझाने में सफल रही है।

सबसे अच्छी बात यह है कि यह पुस्तक किसी तरह के समाधान प्रस्तुत करने का दावा नहीं करती। पाठक स्वयं अपनी परिस्थितियों का विश्लेषण कर यह समझ सकते हैं कि उनके संदर्भ में कौन-सी बात लागू हो सकती है या फिर कौन-सा तरीक़ा काम आ सकता है। यह सब बहुत सूक्ष्म स्तर पर होता है। यह एक रोचक किताब है, जो हमें अपनी संस्कृति से जुड़े प्रतीकों, कर्मकांडों के पीछे मौजूद विचारों व तर्कों और हमारे अपने विकास के बारे में बताती है।